少女妄想中。
入間人間

イラスト／仲谷鳰
デザイン／カマベヨシヒコ

ブックデザイン／鈴木成一デザイン室

集英社文庫ヘリテージシリーズ

ポケットマスターピース04
トルストイ

2016年1月25日　第1刷　　定価はカバーに表示してあります。

編　者　加賀乙彦（かが おとひこ）
発行者　村田登志江
発行所　株式会社 集英社
東京都千代田区一ツ橋2-5-10　〒101-8050
電話　【編集部】03-3230-6094
【読者係】03-3230-6080
【販売部】03-3230-6393（書店専用）
印　刷　凸版印刷株式会社
製　本　凸版印刷株式会社

フォーマットデザイン　アリヤマデザインストア　　マークデザイン　居山浩二

Printed in Japan
ISBN978-4-08-761037-6 C0197

乗松亨平

（のりまつ・きょうへい） 1975年生まれ。東京大学大学院人文社会系研究科満期退学、博士（文学）。専門は近代ロシア文学・思想。現在、東京大学大学院総合文化研究科准教授。著書に『リアリズムの条件――ロシア近代文学の成立と植民地表象』（水声社）『ロシアあるいは対立の亡霊――「第二世界」のポストモダン』（講談社選書メチエ）、訳書にトルストイ『コサック――1852年のコーカサス物語』（光文社古典新訳文庫）など。

覚張シルビア

（かくばり・しるびあ） 東京生まれ。東京大学大学院人文社会系研究科博士課程修了。専門は、19世紀ロシア文学研究。ロシア語通訳。現在、創価大学、上智大学講師。論文に「レフ・トルストイの『戦争と平和』における子供の特質」（ロシア語ロシア文学研究　第47号）など。

中村唯史

（なかむら・ただし） 1965年北海道生まれ。東京大学大学院人文科学研究科（露語露文学専攻）博士課程退学。専門はロシア文学・ソ連文化論。現在、京都大学大学院文学研究科教授。共編著に『再考ロシア・フォルマリズム――言語・メディア・知覚』（せりか書房）、訳書にバーベリ『オデッサ物語』（群像社）、ペレーヴィン『恐怖の兜』（角川書店）など。

読者のみなさまへ

『ポケットマスターピース』シリーズの一部の収録作品においては、身体的なハンディキャップや疾病、人種、民族、身分、職業などに関して、今日の人権意識に照らせば不適切と思われる表現や差別的な用語が散見されます。これらについては、著者が故人であるという制約もさることながら、作品の歴史性および文学的な価値を重視し、あえて発表時の原文に忠実な訳を心がけました。

偏見や差別は、常にその社会や時代を反映し、現在においてもいまだ存在しています。あらゆる文学作品も、書かれた時代の制約から自由ではありません。現代の人々が享受する平等の信念は、過去の多くの人々の尽力によって築きあげられてきたものであることを心に留めながら、作品が描かれた当時に差別があった時代背景を正しく知り、深く考えることが、古典的作品を読む意義のひとつであると私たちは考えます。ご理解くださいますようお願い申し上げます。

（編集部）

少女妄想中。

入間人間

ガールズ・オン・ザ・ラン

全速力で地面を蹴ることがずっと続けば、と思う。

それを望む自分が叶えようと足掻き、そして次第に迫る息苦しさに根を上げていく。

見えてくるのは、いつもそのあたりからだった。

身体を風が滑らかに撫でてくる感触と共に、今日もやってくる。その背中を認めた瞬間、太股と頭の裏がかぁっと熱を帯びた。待ち望んだ邂逅に全身が歓喜していた。

私の数歩先を彼女が軽やかに駆けていく。夢のようでありながら、その腕の振りも、足音もはっきりと目の前にあった。私はその後ろ姿に追い縋ろうと全開を維持する。

けれどとうに最高速に達していて、気負っても焦りが増すばかりで加速するはずもなく。

だから、追いつけない。

いくらがんばっても、距離は縮まらなかった。

そのまま彼女が先に、先生の横を通りすぎる。私もまた、走り抜ける。ゴールしたのは分かっていた。でも足は止めない、彼女を追いかける。まだ走っていた。

手を伸ばして、その肩に触れられる距離まで詰めることを何度夢見たか。

そして、いつまで夢で終わっていくのか。

私と彼女の足音が車輪のように重なる。歩幅も、速さも差がないように思うのに。

やがて足が出遅れて息を呑み、速度が鈍ったところであぁ、ここまでかと諦める。

ゆるゆると減速して、歩きながら息を整える。顔を上げないようにして、膝に手をついた。

足もとに校舎から伸びた影が見える。また結構な距離を走ってしまったみたいだ。

「どこまで走る気なんだ」

部活動の顧問の先生が追いかけてきた。どこまでって、えぇと、どこまでも。

彼女がそこにいる限り。

「お前が一番だな」

振り向きながら先生が言う。一番というその言葉に、声と身体が自然に反応した。

「いえ」

汗を拭くのも忘れて、首を横に振る。

「本当の一番は、他にいるんです」

走るということを覚えてから、一度として追いつけない。

「目標にしている相手でもいるのか？」

「……ええ、まぁ」

膝から手を離して顔を上げる。

まだ激しい鼓動に合わせて息は荒く、真っ平らなグラウンドが隆起するように見える。

その先にいくら目を凝らしても、立ち止まった私に彼女は見えなくなっていた。

彼女を初めて見かけたのは四歳のときだった。彼女も多分、似たような歳だったと思う。少し遠い公園からの帰り道で、夕方も深まっていた。町の影が赤く染まりだして、急いで帰らないとお母さんに怒られる。そう思った私は、危ないからダメと言われていたけど道路の脇を走ることにした。私の住む町は海も遠い田舎の外れで、歩道なんてものは家の周りになかった。

「はしるぞ、いそぐよー」

一緒に帰る友達に告げる。「えー」と運動の苦手な友達が不満を漏らしたけど、「いくのだー」と宣言して走り出す。幸い前述の通りに田舎で、車の行き来はめったにない。住宅街を挟んで新しくきた大きな通りにはひっきりなしだけど、この時の私には無関係な世界だった。

家から近所の保育園と、公園。自分の足で行けるのはそれくらいだった。

そんなわけで、走る。短い足で地面を強く踏んで、身体が跳ねるように前へ進む。その溜めと反動の感覚に酔いしれて、ついどんどんと動きを速めていく。もっと大きく溜めて、強く前へ行く。繰り返してもすぐには息が上がらず、楽しむ余裕があった。

遠くに焼けていく空が広がる。押されて迫るようなオレンジ色、そして羽のように浮かぶ薄い雲を見ていると、胸がざわついて落ち着かない。焦燥めいたものに突き動かされて、ますます足が速まる。次第に呼吸も強くなり、腕の振りも大きくなって。

そして。

その空と広い世界に、まるで雫が垂れるように。

気づくと、目の前を女の子が走っていた。

まばたきやよそ見もしていないのに、いきなり背中が見えた。高く結んだ髪が、風と自身の動きに合わせて大きく揺れている。背丈が同じくらいの女の子だった。私の先を、誘うように走る。なんだなんだ、とその子の背中しか見えなくなったまま、足は緩めない。

「ねぇっ」

走っている途中でしっかりと喋るのは難しい。本気で走っているなら一層だ。余計な声を出したせいで呼吸が乱れて、息が上がるのが早まる。慌てて、むせて立ち止まる。

そして、私が足を止めるのと同時に女の子は姿を消した。

口を開いて、喉がカラカラに渇いて尚、ぼうっと、身動きできない。

「おいてかないでよぉ」と、友達のせりがよたつきながら追いついてきた。一瞥した後、すぐにまた前を向く。いない。隠れる場所もないような一本道のどこにも、見つからない。

遠い向こう、地平と夕日の混じる狭間に溶けていったように。

「せっちゃん？　なにみてるの？」

せりが回り込んでくる。浮かんだ汗で額に髪が張りついていた。

「わかんない」

説明できないので素直にそう答えると、どう受け取ったのか膨れたせりに「いじわる」と言われた。なにをぅ、と構えてけっとーした。

お互いの頭をぽこぽこしながらも、消えた女の子のことをずっと考える。

その日は布団の中に潜っても、なかなか眠れなかった。

そんなことがあった翌日、保育園の帰り道。

お母さんに手を引かれて、昨日と同じ道を歩く。

「うーん……」

あの子はいるはずもない。欠伸混じりに周りを見て、浮かんだ涙の粒を拭う。近所に住んでいる子ならいるかなと思って保育園の中を見て回ったけど、そういえば後ろ姿だけで顔が分からないなぁと一周してから気づいた。でも多分、いないと思う。

急に現れたり消えたりできる子なんて、保育園にはいなかった。

「うむ」

どうかした？　と隣を歩くお母さんが首を傾げる。話をしても多分、夢と思われるだろう。

でもあの女の子と出会ったときの地面の感触、風の匂い、その抵抗。すべては夢の中で疎かにされるものだった。それを明確に覚えているのだから、あれは決して夢じゃない。

現実の先にあるというのなら。

お母さんの手を離す。

一人、真っ直ぐ走り出した。

通園鞄を揺らしながら、えっほえっほとまずは緩く走ってみる。見えてくるのは家だけだ。昨日の状況を思い返して、手足を引き締めて加速する。お母さんの声が後ろに聞こえたけど、構わず駆けた。でもいくら走っても、女の子は見えてこない。

速さが足りない。

直感か運命か、形なく、しかし鋭いものが私に不足を知らせる。

鞄が邪魔だ、と外してその場に置く。それからまた走る。足を前へ、大きく、踏み込む。

ぐっと踏んでがっと前へ。最初は腰より上が重く感じて、引きずって運ぶようだった。でも足の動きが潤滑になるにつれて同調していく。肩に訪れる風の抵抗を、無視できるようになる。

そうなれば身体は自然、勝手に進む。

足音と流れる風景の速さが一致する。

そして、来た。

私の速さに応えるように、またあの女の子がやってくる。

昨日と服装が少し違っていた。でも、その髪型は間違いなくあの子だった。

なんで、走ると出てくるのか。
分からないけど、そういう子なんだと目の前に起きていることを受け入れる。
そして二度目になると少し落ち着いて物事を捉えることができる。速い、と驚く。
どれだけ一生懸命でも、まるで追いつける気がしない。
少しでも足を緩めれば、あっという間に距離は開いて。
そのまま、消えてしまうんだろう。
食らいつこうと必死に腕を振るけど、全力疾走が長く続けられるはずもない。
まして、準備運動もないので脇腹が痛くなるのもすぐだった。
もう無理だぁ、とくの字に身体を折るように前屈みになる。
乱れた息が無様に鼻と口を覆った。
そうした私を察したように、走りながら女の子が振り向く。
「…………………………あ」
その瞬間、私は荒れた息さえ感じ取れなくなる。
汗一つかいていない女の子に、にかっと、快活な笑みを向けられて。
まるで仰け反るように、足を止めてしまった。
その口もと、並びのいい歯、好奇心の強さを感じさせる輝いた瞳。

風と共に踊る髪の爽やかさと裏腹に、ずっしり、重苦しいものが私に届いていた。

指先と頭が強く痺れる。

女の子が消えた後も、決して損なわれない強い衝撃が私の中を跳ね回る。

急に走って危ないでしょうと母親に怒られるのも鈍く響く。

耳鳴りが強まり、自分を取り巻く疲労や風の音が曖昧模糊となって。

負けたと思った。

その女の子の笑顔に、負けたと感じたのだ。


こうして私は、自分にしか見えない『彼女』を意識するようになった。

彼女は、いつでも、どこでも現れる。私が走りさえすれば。

全力で走って最高速に到達すると、走っているその子が見えるらしい。

なんでか。

見えるというか……私にはその動きも、足音も感じられるから不確かなものじゃなくて。

でも普通ではあり得ないことだと、背が伸びるにつれて分かるようになってきた。

普通の人は、いくら全力疾走してもそんな女の子とは出会えない。芹(せり)とマリオカートを遊んでいて、最速記録を再生するゴーストを眺(なが)めていてこれかっ、と最初思ったけどなにか違うなぁと考え直した。走る彼女はなにかをなぞっているように見えなかった。意志を、感じたのだ。

とにかくまずは、その背中に追いついてみたい。

肩に手をかけてみたい。

その先にあるものが、知りたかった。

なにか始まるのか消えるのか、それとも。

その笑顔を正面から受け止めることができるのか。

学校にいる間も、帰るときも、帰ってからも一日中、走ることばかり考える小学生になっていた。走ることが好きなのねと母親に言われたけど、ちょっと違っていた。

走る先にあるものに夢中だった。

たった数秒、長くて十数秒の出会いに多くの時間を捧(ささ)げる。

その繰り返しで随分(ずいぶん)と鍛(きた)えられていたらしく、いつの間にか同学年で自分より速い子はいなくなっていた。男子さえ簡単に追い抜けた。もしかすると私には、走る才能のようなものもあったのかもしれない。才能と努力が合致して、同級生をごぼう抜き。

たった一人、彼女を除いて。

彼女には、いくら速くなっても追いつけない。

そういう幻なんだって言っちゃえば、それまでなんだけど。

でもそこで終わりにしたくないと、私は感じていた。

六年間をめいっぱい忙しなく駆け抜けて、中学生。背は伸びて、足も伸びて、服も変わる。

私も、彼女も。

部活動に所属しないといけないと言われて、グラウンドを走っている人たちを見つけて、すぐにそれを選んだ。つまり陸上部である。学校の外でも走っているのに、中でも走りっぱなしかと自分でも思った。止まりたくないんだなぁと、動機を踏まえてやや照れる。

入部した理由は、走るということを少しでも身近にしていたいと思ったからなのか。

私と彼女を繋げるものはそれしかなかった。なんというか、具体的にしたかったのかもしれない。

自分の走る意味というか……上手く言葉にできなかった。

でも、彼女の笑顔との距離を詰めたいと感じているのが根底にあるのは、確かだった。

「ふぅん、陸上部」

入部先を報告すると、友達がさして面白くもないように淡々と反応した。

時が経ちせりは芹に、せっちゃんは摂津になっていた。

芹と摂津で名前が少しかぶっている気がした。まあ芹は名前で、摂津は名字なのだけど。

どっちも周囲の親しい人からはせっちゃんと呼ばれるようになった。ややこしい。

「アオ」

そして芹は、いつの間にか私を名前で呼ぶようになっていた。

青乃だから、アオ。

ランドセルを背負っている間はせっちゃんと呼ばれていたので、まだ馴染まない。

「なに？」

「あんた、本当に走るの好きね」

言葉と表情には、呆れたようなものが混じっている。そう感じたのは勘違いだろうか。

つんと上向いた鼻が活発な印象を与える芹は、その顔つきに呼応するように態度が固く、強いものとなっていた。昔はもっと柔らかかったのだけど、すっかり大人びた。気は強そうで、柔らかいのは毛先に緩くウェーブのかかった、やや短い髪の毛だけだ。

「いやぁ別にそう好きじゃないけど」

「じゃあなんで走るわけ？」

「んー」

幻の彼女を追いかけているだけだと正直に話したら、芹は鼻で笑うだろうか。

「んー」

「なによそれ」

はぐらかされていると感じてか、芹が不機嫌そうに口もとを曲げる。

「追いつくの大変なんだけど」

「申し訳ない」

追いかけなければいいとは思わない。芹には追う理由があるのだろう。

私も似たようなものだった。

学校の外に出て少し歩いたところで、芹が私を横目で見る。

「急に走らないでよ」

釘を刺される。右足の裏が、宙を蹴ったように頼りない線を描く。

「あー……うん」

彼女に出会いたいと唐突に思って、つい走り出してしまうときもあるのだ。

そういう衝動というか、気持ちの具合を大事にしたいと個人的には思っているのだけど、周囲の理解を得ることは難しい。感じられないものに共感を覚えるのはうん、無理だった。

思うままに駆け出す。そんなことしたら周りの評価は、小学校の頃は元気いっぱいだったけど、中学生ともなると落ち着きのないやつになるのだ。事によっては変なやつ、危ないやつにまで行ってしまうかもしれない。成長するにつれてしがらみが増えて、最高速に枷がかかる。

前に時速が関係しているのかと考えた。でも、車や電車に乗ってもあの子は見えない。窓の外にあるのはありふれた景色や、どこにでもある地下の闇。映るのは、彼女を探す私の落ち着かない瞳。いつもこんな弱そうな目をしているのかなと、自分の顔に少し不安を覚える。

速さは、関係ないみたいだ。

その時々の全力があれば、子供の時も、そして今も彼女は目の前にやってくる。

関係はまったく変わらない。

でも出会ったときは同じく幼かった彼女も、今では成長している。私とは違う学校の制服を着て、背丈も少し抜かれていた。背の伸びる幻というのも珍しいかもしれない。

スカートを履いていることなんか気に留めないような全力疾走なんてするものだから、いいのかなぁと見かける度に照れてしまう。いや、私も人のことは言えないのだけど。ただそのスカートから伸びた足の眩さを独り占めしていると、言い様のできない、そして換えの効かない高揚が芽生えてしまう。他の人の足ではこうもいかない。

思い返すと今も周りの視線なんか忘れて走り出したくなっていた。でも芹が怒りそうなので自重する。

「お兄さん元気?」

芹は三つ歳の離れた兄がいる。ほとんど話したことはないけれど。

「そうなんじゃない？　あ、この間彼女を家に連れてきた」

「まあ」

限りなく他人事ながら、その手の話題には照れてしまう。不慣れだからだろうと思う。

話題を変える。

「そういえば、芹はどこの部活に入るの？」

運動は得意な方じゃないし、文化系かな。なんて想像してみると。

「陸上部」

不機嫌そうに芹が言った。

「えぇー……」

「なによその反応」

「だって大丈夫？」

まだ詳しくは分からないけど、練習が厳しかったら辛い思いをするかもしれない。

「大丈夫って、別に、平気でしょ」

「別に私に付き合わなくてもいいよ」

「そんな理由じゃないわよ」と怒られた。違うらしい。

でも他に、芹が走る理由は思いつかなかった。

陸上部の活動に参加して三日目に、先生が言った。

彼女の走り去った方向をジッと見ていたときだった。

「お前、速いな」

息を整えながら顔を上げる。

「はぁ」

彼女に追いつけなかった後に褒められても、あまり嬉しくはない。

それに、抜かれた先輩たちが気を悪くしないだろうかと思った。

「でもその走り方だと、足を痛めるぞ」

先生が私の膝のあたりに目をやりながら指摘してくる。どういう走り方だろう。

彼女を追いかける間に身につけたそれは、意識して実践しているわけではない。

「直していこうな」

「はい……」

遅くなるなら直さないでいよう。

「あと、走るときは髪結んだらどうだ」

わさわさしていた、と身振り手振りで教えてくれた。

「ふむ」

脇腹に添うように流れる髪の端を摘んで、それもいいかもしれないと思った。

そもそも私はなんでこんなに髪を伸ばしているのだろう。……無頓着なだけか。息の荒い芹が寄ってくる。そして、「速い」と言われた。文句みたいに聞こえた。

「芹も練習すれば速くなるよ」

グラウンドに立つ華奢な芹は、面白くなさそうにそっぽを向くのだった。

そんな部活動の時間はともかく、他の時間は走り回っているわけにもいかなかった。小学校に比べて授業の時間も延びる。彼女と出会える時間が短いものとなる。少しだけ、焦る。

授業中、時間が空いているときは自然、シャープペンを握っていた。ノートの端に、記憶に焼き付いた彼女をなぞろうとする。でも走ることと違って、芸術の分野における私の成長は鈍重の一言に尽きた。亀の如しであればまだいいけれど、前に進んでいる感じもしない。

後ろ姿はなんとか描けてもその笑顔を写し出すことはとても無理だった。写真でもなぞるように、記憶にある線を写していけばいいはずなのにそれが難しい。

昼休みも給食は早々と済ませて、せめて背中だけでも上手く描けるようになろうと練習する。軽やかに振られる肘に、持ち上がる制服の隙間からわずかに覗ける脇腹。どきどき。汚れのない膝裏に、跳ね回るポニーテール。みたいなものを描く。白黒だからピンと来ないのかなと、腕以外のせいにしてみた。

声が聞こえて顔を上げると、芹が離れた席で他の友達と談笑していた。数人の女子が集い、普段と異なる明朗な表情で受け答えしていた。私といるときとは雲泥の差があった。

どっちが着飾っていない芹なのだろう。昔を考えると、あっちが素のはずだった。眺めていると、目が合った。途端、芹はやや厳しい顔つきとなる。まるで私を責めるように。

芹は私といるときの方がよほど不機嫌そうだ。でも、芹は私といようとする。

その日もそうだった。

「アイスクリーム食べに行かない？」

「へぇ？」

部活が終わって、外で涼んでいたら芹が誘ってきた。

「なんで？」

「食べたいから」

「そりゃそうだ」

私もか、と少し考える。悪くないと思った。

「いいよ、行こう」

芹の頬が少し柔らかくなる。

「あ、でもお金持ってないよ」

学校でお金を使う機会もない。あって、鞄の底に十円玉が何枚といったところだ。

「わたしが払ったげる」

「気前いいね」

すぐ着替えてくると、部室にちゃかちゃか走った。

全力で走りきる前に入り口に着いてしまって、やや残念だ。

そんなこんなで着替えた後、隣に並んだ芹と少し歩いたところで、注意される。

「走らないでよ」

「うん」

いつも言われている気がする。

「あんたには追いつけないんだから」

そう言って、芹が拗ねるように唇を尖らせた。

追いつけない。

その気持ちは。

「なにがよ」

「分かる」

うんうん。芹の肩を親しげに叩くと、「なにこいつ」と疎ましがるように目を細めてきた。

昔は並んでいたはずの背丈は、芹にやや差をつけられていた。芹の方が先に大人になっている気がする。私はランドセル下ろして制服着てみただけっていうか……でももう少し経てば、ばーんでどーんが押し寄せてくるかもしれない。早くおいで。

行き先は芹任せだった。私の町の地図は保育園に通っていたあたりからほとんど書き足されていない。走っているとき、周りを気に留めている余裕はなかった。彼女ばかり見ていた。

彼女はめったに振り向いてくれなくて、少し侘びしい。

芹の案内してくれたアイスクリーム屋は、名前ぐらいは私も知っていた。座って食べる場所が用意されていたので、アイス片手に腰かける。店の外を向いて、硝子越しに町の様子が見えた。大きなビルが乱立して、人がいっぱいと、同じ町に住んでいるのに落ち着かない。

「なんでそわそわしてるの」

「都会にいるみたいだなって」

「なにそれ」

芹が少し笑った。芹の選んだアイスクリームは抹茶で、私はチョコレートミントだった。

選んだ理由は青いから。名前のせいで青色が好きなのか、青が好きだからこんな名前なのか。少し考えればどちらになるかは分かるけど、敢えて答えはうやむやにしておいた。

「甘いわー」

アイスクリームに対して安直な感想を述べる。美辞麗句を並べるのもな、難しいな。

「奢ってくれてありがとね」

礼を言うと、芹が「今度はアオの番だから」と口もとを緩める。

ほんのり、昔の顔だった。

「他の友達とはよく来るの？」

注文にも慣れているみたいだったので、何の気なしに聞いてみる。

「普通」

「普通かぁ」

そこそこと解釈する。アイスを見つめていた芹の目が伏せて、少し弱気に映る。

「気になるの？」

「え？」

どういうこと、と聞く前に「なんでもない」と打ち切られてしまった。

芹が他の友達とアイスを食べるということが気になりますか？

別に、と言ったらじゃあなんで聞いたんだって怒られそうなので黙った。

アイスクリームを舐めて囓ってと味わいながら、硝子の向こうを見る。長々見つめていると、段々、自分がなにを見ているのか曖昧になる。目の焦点を失い、視界が滲みながら広がる。

鈍く聞こえていた車の音が、更に遠退いた。

やがて、座ったままのはずなのに彼女の姿が見えてくる。走る背中ではなく、ちゃんと見たことのない正面から捉えていた。これは、あり得ない。私の妄想、つまり幻覚の妄想だ。混迷極まっている。彼女が笑って腕を広げていた。思わず、身体が前に出そうになる。

願望が欲張って、私の前に出張っている。

それが分かった上で尚、心弾む。

本当に彼女と出会えたら、それこそどんな気持ちになるだろう。

「どこ向いてるの」

芹に声をかけられて、振り向く。抹茶アイスの向こうで芹の口がへの字に曲がっていた。

「どこって……外」

硝子を指差す。つるつるだ。よく磨かれていて、店員さんは偉い。

「外のなに？」

「なにって、外の……外さ」

外に外以外のなにがあるというのか。

そう、なにも映っていない。じゃあ私はなにを見ていたんだ？

時々、遠くを見ているようでなにかを覗き込むような……不思議な矛盾を感じる。

彼女は私の『外』と『内』のどちらにいるのだろう？

「外を見るときにあんな顔するの……ふぅん」

芹の下唇が尖る。アイスクリーム食べているから話しかけるなとばかりに、怒った肩が刺々しい。

「ねえどんな顔してたの？」

「自分のことでしょ」

人間は案外、自分のことなんて分からないものだ。そして芹のことも不透明である。

「なに怒ってんの？」

「人は他人の不幸よりも、幸せであることに傷つくのさ」

芹が肩をすくめてそんなことを言う。皮肉の混じるような調子だった。

「なにそれ」

「パッと思いついたの言ってみただけ」

「あらそう」

思春期満開な芹の哲学にしばし痺れた。そしてまた窓の外に向く。

彼女は何者なのだろう？

生まれてこなかった姉妹の幽霊、非業の死を遂げた陸上の神、妖精さん、幻覚、私の頭がおかしい。簡単に思いつくようなものはすべて頭の中に並べて考えて、気になったことは調べてとやっていくと残るのは幻覚と頭おかしい説ぐらいだった。

私に姉妹の類はいないし、陸上にまつわるような事件も過去にはない。妖精さんは羽が生えて飛んでいないから却下した。まさか、私の理想の人物が見えているとか……どうだろう。

もし実在する人物であるなら、なぜ縁もなさそうな私の前に現れるのか。

それとも、運命的ななにかがあるから見えるのか。

なにも分からない。彼女は私の前を走るばかりで、なにも言ってくれないのだ。

「だから、こっち向きなさいって」

ぐりっ、と頭が回る。芹が頭部を掴んで向きを変えてきた。芹は子供っぽく膨れていた。

「もう」

「悪かったって」

弁明する。でも悪かったことってなにかあっただろうか？

彼女のことを思うのが悪とは信じがたい。

「なに考えてたの？」

咎めるように問われる。芹にそう聞かれる頻度が増えた気がする。

私がなにを考えているのか、そんなに気になるだろうか。

確かに、彼女のことばかり考えているけれど。

「べつにー。もっと速く走りたいとか、そんなこと」

満更、嘘でもなかった。彼女に一生追いつけないなんて、ゾッとしない。

「そんなに速くなってどうするの？」

「さぁ……どうなるのかな」

それは私も知りたい。だから走って、答えはまだまだ見えてこない。

テレビに映る都会みたいに、結構な数の人が店の前を行き来する。車はもっと多い。電車に乗って遠出すれば、これの比じゃないくらいに増えていくだろう。こんな町中を全力で駆けていくのは迷惑だし、不可能かもしれない。でも私たちもいずれ、この人の流れに加わらないといけないのだ。

歳を取るにつれて、責任や立場という荷物が増えていく。

でもたくさんのものを置き去りにしなければ、彼女の『世界』に辿り着けない。

私は数秒、限界まで走り抜いても十数秒の邂逅のために、他のものを置いていけるだろうか。

今のところは、結構置いていってしまう。

「走り癖、そろそろ直したら？」

芹が拗ねたような調子でそんなことを言ってきた。

曖昧に目と唇が動き、返事も弱くなる。

私が走るのを止めるのは、彼女が見えなくなったときだろう。

……いや、もしかすると。

見えなくなったら、見えるようになるまで走り続けるのかもしれない。

「それよりさ、アイスクリームちょうおいしいよね」

露骨に話題を変えてみる。芹が呆れているけど、更に攻める。

「一口どう？」

食べかけのアイスを差し出すと、芹の瞳が青いそれに止まる。少し経って、首が伸びた。

チョコチップの多いとこを、遠慮なくがぶりと持っていかれた。

月が欠けるように、アイスが弧を描く。

むしゃりながら、芹が自分の方のアイスも私に差し出してきた。

「あ、私抹茶苦手」

ノーで、と手を振ったら芹が少しの間を置いて、アイスを引っ込めた。

「覚えとくわ」

「うん」

覚えていてどうするんだろう。

「芹は抹茶好きだね」

「まあね」

「お家の影響かな」

「かもね」

返事が短いとちょっと会話に困るのだった。

なぜそういう態度なのか。

昔から遊んでいる芹にも、分からないこと、知らないことはたくさんある。

幻でしかない彼女のことなど分かるはずがないのだなぁ、と思った。

アイスを食べて少し話をしてから店を出た。そんなに時間が経っていないかと思ったけど、日は沈みだしていた。春が温まり、五月に近づくのを夕暮れ時に感じる。赤い線が空に、電線のように走っていた。ブラインドを曲げるように、ぱたぱたと空模様が変わっていく気がする。

「アオ、また誘うから」

わざわざ言わなくても、と思ったけどいや待てと思い直す。言ってくれないとだめだった。

「うん。先に言ってね、今度は私が払うから」

お金を用意しておかないといけない。

「じゃあ明日ね」

「え？　明日って土曜日だけど」

「休みの日だから別にいいでしょ」

芹の澄ました鼻先が夕風を割る。

「あー……そっか、そうかも」

別にいいんだな、と納得しながら首を捻った。

他愛もないやり取りを足と共に弾ませる。そうして、信号に引っかかって止まる。

じっとしていると、アイスの心地良い冷たさの余韻が喉とお腹の底にあった。あーなんか、満足感あるなぁと景色込みでまったりする。

ぼけーっとする。

それから、ぶるぶるっとした。

平和な上半身の横っ面をはたくように、下半身が蠢く。

信号待ちの足が震えていた。待ち焦がれるように、急かすように。

横切る車の音が、頭の前後に流れていくように聞こえる。

立ち止まっているのに、軽快な足音が遠くからやってきた。

足音は、二組。

「……よしっ」

芹に聞こえないように小さく呟いて、足を叩く。

芹と別れたら、めいっぱい走ろう。

期待と焦燥に太股の裏側が跳ねていた。


今日も昨日も、多分明日も彼女と出会う。

いやこれは、出会いなのだろうか？

誰に相談することもできない悩みであった。

そんな彼女の背中を描く。中学生になってからは、いつも制服だ。

六月あたりに入ると、夏服に衣替えしていた。

「……あっ」

肩のあたりをしゃかしゃか描いていて、ふと気づく。

この制服、実在するとしたら調べられないだろうか。調べて該当する学校があったなら、もしかすると彼女はそこに通っているのかもしれない。天啓とはこのことだ、と自分の閃きに酔いそうになる。授業中なのに教室の外へ飛び出しそうになってしまった。

　自制を促し、椅子にお尻を押しつけて耐える。ついでにノートの端の落書きも教科書を載せて隠す。なんとなく、他の人に彼女の姿を見られるのがいやだった。それが絵でもだ。

　私にしか見えない彼女へ、微かな独占欲というか……そういうものが、あるみたいだ。

　彼女は私の大きな悩みでありながら、同時に、行動の指針でもあった。

　私は常に、彼女を目指している。夢現を駆ける、不確かなものを掴もうとしていた。

　もどかしい時間に耐えて、放課後を迎える。

「さて」

　素晴らしい閃きを得たはずなのに、腕を組んだまましばし動けない。

　学校の制服をどうやって調べるかという話だった。写真があるわけでもないから人には聞けないので、私の記憶頼みだ。しかも同じ県とは限らない。画像検索しようにも、彼女を記録することはできないのだ。これまで色々と試したけど、彼女はカメラに映らないようだった。

「……やっぱり幽霊？」

でも成長する幽霊なんているのかな？　私の常識では判断できなかった。

家に帰ってから、家族共用のパソコンでちょっと調べてみる。県名と中学校と制服で検索してみた。そもそも同じ県内のそれかも分からないので、期待薄の行動だった。けれどいくつか見ていくと、意外と簡単にそのサイトを発見することができた。

そこには県下の中学校の制服がずらりと並んでいた。用途は書かれておらず、しかも女子の制服しか映っていないあたり、なんというか、こう。

「便利な世の中だなー……」

そういうことにしておいた。

目的を深く考えるのは止して、しめやかに利用させて貰う。下へとスクロールさせて、一つずつ確認していく。何百校とあるわけじゃないから、調べるのは簡単だった。

そして、彼女の制服と同一のそれを見つけるのだった。

本当にあったんだ、と食い入るように画面を見つめる。モデルの子の目が黒い線で隠れているのはさておき、この冬服は春の彼女に見たものと同じだった。中学校の名前で検索すると、行けない距離ではないが遠く、私の生活圏から離れていた。なぜこんな場所の制服を彼女が着ているのか。私の見る幻覚であったら、知り得ない情報が挟まるのは考えにくい。

これはやっぱり、なんというか。

気恥ずかしいけれど、運命なんて感じてしまった。

血が集って痒くなった頬を掻く。彼女が実在するかも知れないという興奮に、何度かガッツポーズする。室内を何周かした後、時計を見上げる。今から向かうには少し遅い。

明日だ明日、と勢いよく自分の部屋へ戻って布団に飛び込む。

そのまま明日の朝まで時間を飛ばせたら、という願いと裏腹に今日は眠れそうもなかった。

そして翌日、そわそわして一日を過ごした。給食の味も授業の内容も覚えていない。

授業が終わって放課後になると、すぐに教室を出た。足を箒でも払うように軽快に動かして、さっさかと下駄箱まで向かう。靴を履き替えたところで、緊張が高まってきた。

「アオ」

私を途中で見かけたのか、芹が小走りで追いついてきた。

「部活は？」

「ごめん、今日ちょっと行きたいとこあるから休む」

それに道中を走るから、練習にはなるだろう。

「ふぅん。ついていってあげてもいいけど？」

「なんだね君えらそーな……あー、うん。ごめん、一人で……」

言葉を濁す。説明したところで分かってはくれないだろうし、余計な心配をされるだけだ。

「あっそ」

芹はすぐ不機嫌になって、靴を履き替えて行ってしまった。怒ったみたいだ。今度謝っておこうとは思って、校門を目指す。今は少しでも早く、彼女の側へ行ってみたかった。

自転車も使わずに移動するには、なかなか難儀する距離だった。彼女が既に帰ってしまっていないだろうかと心配になる。部活動に参加しているなら終わる時間に丁度いいのだろうけど、彼女に関する情報はなにもない。ただ、足は速いのでなにかやっていることを期待した。

印刷した地図を片手に、家とまったく関係のない方向を行く。たまたま家族に見られたらどう説明したものか。家に帰るのも遅くなるし、部活サボっているし、芹は怒るし。

色々捨て身だった。

やがて、道を間違えないで例の中学校に到着する。その頃には足の裏がじんじん熱くなっていた。歩き疲れと緊張の両方によるもので、土踏まずが疼くようだった。

中まで入っていこうとする足を止めて、それはまずいと少し引き返す。制服なんてどこも似ているとはいえ、さすがに他校の学生だとは少し見れば分かるのだった。

校門の付近で待っているのが確実だろう。物陰に隠れながら、校門を覗いた。学年は分からないけど下校する中学生がまばらに姿を見せている。その中で女子の制服姿を見て、どきりとする。彼女と同じ制服だったからだ。しかし、首から上は大きく違っていた。

斜陽に校舎と一緒に浸りながら、待つ。覗き見る。こちらへやってくる学生と目が合ってしまい、慌てて隠れたらすれ違う際により怪しい目で見られた。迂闊に覗くこともできない。

女子制服を見る度にどきりとして、確認して、安堵するように落胆して。

待ち続けている間に、次第に高揚は恐怖へ変色する。

なんの考えもない自分に訪れる難問に、苛まれる。

もしも本当に見つけたとしたら、どんな風に声をかければいいんだろう。

彼女は多分、いやきっと私に見覚えなんてないのだ。知らない学校の女子生徒が急に話しかけてきたら、普通は怖がるだろう。それも親しげに、私なんか感涙しかねない勢いで。

引くよねぇ、と酷い気持ちになる。それに正直、彼女と出会って平静でいられる自信もない。

想像の遥か上を行く醜態を晒すだろう。

どうしよう、と怖じ気づく。会ったところで、私しか盛り上がらない。深い考えなく来てしまったことに後悔する。校門を確認するのも忘れて、冷や汗が浮かぶ。鞄を握っている指先が滑り、心臓が痛む。息も荒く、じっとしていられなくなる。

隠れながらこんな状態で、不審者丸出しだった。

それに、もっと恐ろしいことがある。

仮に出会って、すべてが否定されたら。

幻に見る夢が、すべて消えてしまうことだろう。

ぞわぞわ、ぞくぞくと寒気が二の腕を伝う。

後頭部が凍りついたように、寒い。

帰ろうと思い、そして逃げ出した。

それから、その中学校に向かうことは卒業まで一度もなかった。

高校生になっても基本、やることは変わらなかった。

陸上部に入って、彼女の笑顔を描こうとして、時々芹に怒られた。芹はまた同じ学校だ。でも練習が辛いからか、中学生の時と違って陸上部には入らなかった。芹は私を追いかけるのを諦めたようだった。

その代わりに、待つことが多くなった。部活の終わりに、校門でよく芹に会った。聞くと私の部活が終わるまでの間、図書館で本を読んでいるらしい。勉強も時々するとのことだった。

来るのが分かっていれば、そこで待てばいい。走り続けるよりずっと楽だ。

「芹は賢(かしこ)いね」

「はぁ？」

素直に賞賛したのに、なぜか芹はバカにされたと思ったように目を細めた。

気持ちを伝えるというのは、なかなか難しい。

そういうわけで、取り立てて変わりばえはなかった。

強いて変わったことといえば、自分より速い人が増えてきた。昔は側にいなかったけど、今は割と近くにぽつぽついる。そういう人たちに抜かれるときは不思議と、いくら足を速めても彼女の姿は見えないのだった。私が、彼女の追い抜かされるところを見たくないからだろうか。

そういう人たちと出会って、走るだけで生きていくという漠然とした将来への展望はだめだなと悟った。世の中はそんなに合理的にいかないらしい。足が速いと言っても、私の両足には金銭的な価値まではなさそうだった。中学の先生が言ったとおりに走り方を変えていたら良かったのだろうか。今となっては染みつきすぎて、この走り方以外で彼女を拝むことはできなくなっていた。

あとは幻の彼女がますます綺麗になって、魅力的になったことくらいだった。制服も高校生のそれに変わっていたけれど、今度は調べようと思わなかった。町を歩いていてすれ違う学生の制服で、同じものを見た気もしたけれど敢えて無視していた。

見つければ、幻想は消える。

彼女の幻と戯れる自分という関係まで崩れる。

それに気づかされて以来、少し臆病になっていた。

高校三年生の春休み、思い立って一人で海に出かけた。

少しばかり遠出だった。バスと電車を乗り継いで、知らない砂浜に独り立つ。

深呼吸すると、風で舞い上がった砂が口の中に入り込んできた。

じゃりじゃり噛む。

夏よりも日差しは柔らかく、海も穏やかに思えた。それでも海面に反射した光が目を眩ます。荷物を濡れないように、砂浜からやや離して置いた。海の匂いにむせ返りそうだった。

海に来たのは、デートのつもりだった。相手はもちろん、幻覚の彼女だ。

彼女とはどこでも会える。そして、どこまでも追いつけない。

出会うためならなんでもできると思う反面、できることはこの程度に留まる。

彼女のためになにかを差し出せると決意しても、なにも届けることはできない。

一緒に走る場所も砂浜なら、それなりに絵にならないだろうか。そんな安易な思いつきだ。海水浴の季節から外れて、海には観光客の一人もいない。走るのに邪魔なものはなかった。

そういうわけで、早速砂浜を真一文字に駆ける。砂を踏みしめる感触がすぐに重くなり、靴の裏にまとわりつく。膝まで引きずられるような重みを乗り越えて、足を前へと出した。

そうするとふっと、彼女が現れる。地元じゃなくても出てくるんだなと安堵した。

走る。砂浜の端まで来て、引き返す。

走る。反対の端までは、さすがに体力が続かない。

休憩。

「疲れるデートだなぁ……」

膝に手を置いて、大きく息を吐きながら笑う。砂浜ではさすがに、全速力を維持できる時間が短いし疲労の具合も違う。あっという間に彼女は消えるし、すぐに走り出すこともできない。

でも、いつもより彼女が楽しそうだった。普段はめったに振り向いてくれないのに、今日は走って出会う度に、快活な笑顔を向けてくれる。来て良かったと、心から思った。

それから二回、三回と走ったところで限界が来て座り込む。ついでに、側に落ちていた空き缶を拾った。年季の入った汚れがくっついていた。そのへんに捨てたいけど、だれかに見咎められるかもなぁと思うと軽率なことはできない。でも、だれかってだれだ。

本当に一人しかいないのに。右にも左にも、海の彼方にも人影はなく。

……彼女？

今こうして座っている間も、彼女は側にいるんだろうか？　見えないだけで、隣に。

手を振り回してみる。海風に乗った砂が指の隙間に当たるだけだった。彼女の足取りみたいに軽やかに、ぱらぱらと砂が散っていく。見届けていると、潮の匂いにいつの間にか慣れていることに気づいた。

建物のない景色は視界が広い。眩しさも忘れて、しばらく見入った。

白波が時々、離れた私にまで迫ってくる。

「うーみーはー……」

風に混じってぼそぼそ歌う。

幻覚に振り回されてこんなところまで来てしまった。

医者に相談した方がいいのだろうか。いやいや、と頭を振る。

不思議な幻だった。普通は意図せず急に見えたりして困るものなのに、彼女は、条件を満たせば必ず見える。そして私がなにもしなければ、決して見ることはない。

規則的な幻覚だった。私の現実に割りこむこともなく、控えめで優しく、甘く、遠い。

見ないように生きていくのは簡単だ。

でもそれは、初恋を諦めるようなもので。

「辛い」

本音を吐露する。彼女が消えることも、彼女を追いかけることも、どちらも辛く苦しい。

頭を抱え込んでいる内に身体が冷えて、身震いした。

春の海は長居すると肌寒い。

やっぱり来るなら夏がいいと思った。

「……今度は」

今度は。

彼女に会いたい。走らずに、話がしたい。声に耳を傾けたい。

並んで座って、同じ海を見ていたい。夢幻の終わりに怯えながらの矛盾、願い。

相手が同性であっても関係ない。

甘いものは甘いから好きで、辛いものは辛いから好き。

彼女だから、好きなのだ。

大学生になった。

芹も同じ大学に通うことになった。

「わー」

「えぇー」

「なによ」

「いやいいけど」

家からは遠いのでマンションを借りることになったけど、芹と暮らすことになった。

「えぇえーっ」

「あんた一人だと危なっかしいし。アオの親にも面倒見てと頼まれたのよ」

「えー？　どこがぁ？」

「いいの」

背中を押して、そのまま押し切られるように一緒に住むことになった。正直、同じ家はともかく同じ部屋で誰かと生活することには慣れていないので上手くいくかと不安だった。

「今日のご飯はわたしが作ったから」

「わほーい」

不安は晩ご飯一回で解消された。芹はなんだかんだと世話好きらしい。

ただ私が朝方や休日に外へ走りに行くときは、ついてこなかった。

「さっさと行けばいいじゃない」

それどころか露骨に嫌そうな顔をして見送ってきた。お気に召さないらしい。

「健康にいいよ」

「どこが？」

なにを言っても不機嫌さが募るばかりな気がして、あまり気にしないことにした。

それから、大学生活に慣れた頃。こんなことがあった。

夜更け、布団に入ってしばらくしてからだった。物音がして目を覚ます。芹がトイレにでも立ったのだと気づいて、目を瞑り直した。またすぐにでも寝られるだろう。

そう思っていたら、芹の足音が戻ってくる。でも、方向が芹の布団と少し違っていた。真っ暗闇の中でも、別の影が私の顔にかかるのが分かる。芹の人影だ。もし違ったら泥棒か強盗か大問題になるので、どうしようと悩んでいたら掛け布団がそっとめくられる。

なんだなんだと内心で慌てていたら、「もう寝た？」と小声でささやかれた。

保育園の昼寝(ひるね)の時、先生に『もう寝ましたか？』と聞かれたのを思い出す。私はいい子なので『はい』とちゃんと返事したら、さっさと寝なさいと返された。子供の純真な心は傷ついた。

それを踏まえて、いや、踏まえる意味は分からないけど寝たふりをしてみた。

すると、布団の中に細いものが入ってくる。探るように、忍(しの)ぶようにひっそり。動揺(どうよう)が背中に表れないようにしていると、背中に誰かの身体が張りついてきた。重ねるように、寄り添う。

覚えのある温かさ。芹の体温だ。

依然(いぜん)目を瞑ったまま、芹が私の布団に入ってきたと理解する。

「アオ」

名前を小さく呼ばれる。戸惑(とまど)うほどに熱を感じた。芹の口もとが私の首の裏を舐めるように這(は)う。その吐息(といき)が首筋にかかってそれがくすぐったく、とうとう、跳ね起きるように振り返ってしまった。

芹の潤(うる)んだ目と間近で見つめ合う形になる。前に出た鼻が芹の腕を押していた。

芹が目を開いたまま固まる。こちらの狸寝入りも察したらしく、芹が真っ赤になって自分の布団に戻っていく。灯りのない場所でも顔色の変化が分かるあたり、相当濃かったのだろう。

「起きてるならさっさと起きなさいよ」

怒られた。それから芹は私に背中を向けて寝転がり、一度も寝返りを打たなかった。

「すいません」

その背中に謝る。

「……綺麗な髪、しているなって思っただけ」

芹がぽつりと言う。「はぁ」と曖昧に反応したけど、芹からの返事はなかった。

それから一晩中、時々意識が遠退きそうになりながらも芹の薄い肩を見つめていた。

こんな風に簡単に、彼女と触れ合えたら。他人の背中に、別の女を見る。

そんなことがあった。

あと大学近くで走っていると、ライバルができた。雰囲気から女子大生で、しかも同じ大学に通っていそうだった。話すことはないけど、休憩していると私の横を追い抜いていく。

なかなか速い。しかもそこから追い抜き返すと、まるで競うように速度を上げてくる。

「…………………………」

「…………………………」

無言で見つめ合い、雄弁に語るのは速度を増す足ばかり。

毎日出会うわけではないけど、すれ違うと不毛な争いが始まってしまうのだった。

大学生活も大過なく過ごした。そして、なんの進展もなかった。

歳だけを重ねていく感覚が増して、焦りのようなものがくすぶる。そういうものが大きくなる時期は決まって、少し無茶なくらい走り続けた。汗をかいて疲れ切れば、頭を働かせる余裕もなくなって、束の間解放される。恥も忘れて地面に倒れ込むと、少し気持ちよかった。

「よく飽きもせず走る」

芹の辛辣な一言が、私のこれまでのすべてを物語るのだった。

幻の彼女も高校を卒業してからは私服に戻っていた。そして大学を卒業する頃には、スーツを着て走り回るようになっていた。彼女も就職できたようなので、ホッとした。

どういうことなんだろうと、時々、真剣に頭を抱えそうになるけれど。

覚めない夢をいつまで見ていられるのか、見ているつもりなのか。

踏ん切りをつかないまま、社会に出て行く。

『趣味は走ること……あーはい、足速いです』

『うちにもなかなかの社員がいるけど、それよりも？』

『多分』

面接でそんなことがあり、そして勝ったら後日、採用となったのだった。

言っておくけど陸上要員ではなく、一社員としてだ。だからあの競争の結果が関係あるかは分からない。とにもかくにも就職浪人(ろうにん)しなくて済んだので助かった。

芹も同じ会社を受けたけど、結局は別の会社に就職した。大学を卒業してからも住(す)処(みか)を変えるのが面倒でそのままで、芹と一緒の生活が続く。芹はあれ以来、一度も夜中に布団に入ってくることはなかった。聞いたらこじれそうだったので、こちらからは気にしないことにした。

そんなこんなで、いつの間にか、社会人。

大きな駅に初めて出たときは驚愕(きょうがく)した。

こんな人の多い場所のどこを、全力で走っていけばいいのかと。

戸惑ってしまった。

でも都会というのは便利なもので、電車が代わりに走ってくれるのだった。

仕事は当たり前だけど大変だった。仕事内容に憧れて就職したわけではないから、余計にそう感じてしまうのかもしれない。正直、苦痛も多い。自由時間なんてほとんどないし、狭いビルだから、走り出してもすぐに壁に額をぶつけてしまう。そもそも狭いのだから、走る必要もなかった。

夜の訪れた会社からてくてく駅まで歩く。

「ふむ」

電車に揺られて地下鉄に乗り換えて、駅から家まで歩く。

そして家に着いてから靴も脱がないで廊下に倒れ込んだ後、大人って走らないものだなと気づく。大体、靴からして走ることを考えていないものだった。Lの字を描いて天井を向く足先を、寝転んだままぼんやり見ていると扉が開いた。芹が帰ってくるところだった。

「鍵もかかっていないと思ったら……」

芹が腰に手を当てて嘆息する。大学に入ってから伸ばしだした髪は、中途半端を乗り越えて大分様になっていた。

「おかえりー」

倒れたまま挨拶する。足首をかくかく揺らして、手を振る代わりとした。

「ちょっと」

「はい」

「邪魔」

「うん」

床の冷たさが頬に心地良い。でも次第に失われていくので、少しずれる。

しゃかしゃか、イモリみたいに這った。

「ふげ」

芹に踏まれた。お尻から背中まで順序よく。因幡の白ウサギの話を連想した。

頭は踏まなかったので芹は優しいなと思っていたら、その芹がぎょっとした顔つきになった。

「ちょっと、なに泣いてるの」

言われて、初めて床に水滴が垂れていることを知る。柔らかく、汗ではなさそうだった。

なんでだろうと目の奥に問いただすと、答えはすぐに見つかった。

「踏まれたのが痛かったから」

「嘘つきなさいよ」

うぇへへ、と笑っていたら、芹が間を置いてしゃがみ込んできた。

「本当に？」

「いや多分、嘘」

なんでもないよと起き上がった。頰を伝う冷たいものは、拭うとすぐに失われた。

「ほらもう涙も出ない」

顔を見せびらかすと、芹はまじまじと私の目を覗いて。

それから、困ったものと出会して反応に戸惑うように、笑うのだった。

自分の涙の理由は分かっていた。

新しくやってくる現実では、彼女と共にいる時間がすり減っていく。

それが怖くて泣いていただけだった。


休日になると、取り憑かれたように走りに出かけた。

脅されているというか仕事というか使命というか、ありとあらゆるものに拘束されて、強制されているような気分だった。芹にいくら心配されても、足は止まらない。

市の小さな運動場で、一人駆けずり回る。その日は彼女がなかなか姿を見せなかった。調子が悪いのかと、息を整えながら足の様子を窺う。別段、変わらないように思えた。

五月が始まってから、日差しは強まるばかりだ。夏よりも湿気が少なく、光が鋭く思える。雲は少なく、光を強めた太陽を覆うものはない。運動場に伸びる影がへたれているように見えた。

喉の渇きに喘ぎながら、霞みそうな目を擦る。

近頃は危ないことも考える。たとえば、崖に全力疾走したらとか。

断崖絶壁、海の彼方を示す崖へ走っていけば、彼女は立ち止まってしまうのではないか。そうしたら、彼女に追いつける。その肩に触れられる。冷静になると危ない考えがいくつも浮かぶ。自制を心がけないとあっさり、実行に踏み切ってしまいそうだった。

これから走らない時間が増えれば、衰える。

衰えれば、彼女が遠退く。

悪循環に否応にも焦らされる。

走らない自分も、彼女に会えない自分ももどかしかった。

ずっと夢の内側で転がされているようで、やるせない。

私の求める現実は、幻のように薄いものだった。

寝不足の身体を重たく感じる。これのせいだ、と彼女に会えない理由を察して頭を絞(しぼ)るように髪を掻き上げた。温度が上がると髪の長さが鬱陶(うっとう)しくなる。いつか切りに行こうと考えてから早十年、結局ろくに手入れしないままだった。それでも髪質はよく褒められるのだった。

疲労なんて気合いとか愛とかで乗り切れ、と前屈みのまま走り出す。

加速する直前、腰回りがなにかを怖がるように一度震えた。

頭痛めいた重荷を振り切って足を速める。

ここで最高速に、と意識して強く地面を蹴る。

その最後の一歩は、本当に軽かった。

膝から下がすっぽ抜けたように。

急に身体が浮いた。段階を追って宙を蹴っては、前のめりになっていくのをゆっくり感じる。

最初は蹴躓(けつまず)いて転んだのかと思った。

でも受け身も満足に取れないで倒れ伏して、右足が自分のものでないように遠く感じたところで異変を悟る。首を動かすだけで右膝が激痛に包まれて、涙が溢れた。

あがが、ががと濁った悲鳴が聞こえる。下の歯がもれなく震えていた。

身体のどこを動かしても、足が痛い。痛みが滝壺のように右足に流れて集う。

涎も垂れっぱなしのまま悶絶して、脂汗に顔中が包まれる。

誰も声をかけてくれることはなく、助けてくれる影もなく。

彼女だって、どこかに消えてしまって独り呻く。

全身に亀裂が入り、そのままバラバラになっていくような気さえした。


前に、芹に聞かれたことがある。就職活動の時だったはずだ。

『やりたい仕事とかないの？』

なかった。子供の頃の夢でもいいから、と言われたけど、私の見た夢なんて思い返すと、彼女とのことばかりだった。

幼児期に見る無邪気な夢を、私は彼女と出会ったことで全て持って行かれてしまった。

色々な意味で、彼女は私の夢なのだ。

そして子供の頃に見た夢というものは、現実に慣れていく内に色褪(いろあ)せていく。

芹は覚えているのかと聞いたら、なんでか顔を赤くして黙ってしまった。

見ていてなんとなく、察した。

その頃になれば芹が私をどう想い、なにを望んでいるかぐらいは分かっていた。

私自身、女の子のお尻ばかり追いかけているからだろうか。

大学にいた頃の芹は男子になかなかの人気で、その気さえあればお煎餅(せんべい)の袋(ふくろ)に手を突っ込むぐらいの気楽さで男を捕(つか)まえてくることができたはずだ。上手くいけば女だって引っかかるかもしれない。けれど芹は、誰とも付き合おうともしなかった。そして、私を見ていた。

私の方もそこそこ声をかけられた。あくまでそこそこだった。

『私はあまりお綺麗じゃないのかな』

鏡の前で首を捻っていたら、芹が『そうじゃないと思う』と口を挟んできた。

『え、どういうこと？』

『だってアオは』

そこで芹が口を噤(つぐ)む。気になるところで区切ってお話上手である。

『私は？』

『なにを見ているか、分かりづらいから』

芹が辛いものを口にするように、俯きがちに言った。

『えーとー……目が飛んでるってこと？』

『……それでいいわ』

よくない。気をつけようと思った。

それから少し考えて、なるほど、と納得した。

わたしは彼女を見つめている。見えなくとも、どこかにいないかと追いかけている。

それは事情を知らない周りからすれば、視線のおかしなやつと捉えられても仕方のないことだった。

これまでは、周囲の反応も大して気に留めないで生きてきた。

けれど背負うものが増えていけば、彼女を追いかけ続けることは難しい。

彼女はどこにいるのだろう。

私の外にいるのか。それとも、内側にいるのか。

幾度となく悩むそれに、答えは未だ出せないでいた。

「折れているから十日は会社休めってさ」

吊り下げられた右足を見つめながら、芹が冷たく言った。

「あらら」

経験したことのない痛みだったからマズイかなぁと思っていたら、やはりだった。

「入院するのって初めてだ」

初日にして見飽きつつある病室は、他にも健康そうな人がベッドに寝転んでいた。

飾られた花の香りが微かに漂っている。別の花瓶の花を見つめて、少し羨む。

私の見舞いに来てくれるのは芹だけだろう。

「あんた、いつもなに追っかけてるの？」

芹が組んだ指で顎を支えながら、目を細めて尋ねてきた。

私を表すのに的確な表現で、静かに驚く。

「そう見える？」

「見えてた。ずっと」

芹が目を逸らす。

「ずっと見てたから。アオはわたしを見ていなかったけど」

「……うん」

それは多分、知っていた。天井を向いてから、目を瞑る。

真っ暗闇に白いものが伸びる。

足の折れたときの激痛が、根っこみたいに広がって亀裂を走らせる。

これが、届かない恋の痛みなのかな。なんて、思ってしまった。追いすぎて心の痛みに留まらなかった。引き際を知らないで痛い目を見てしまった。過去形で、結果が語られていく。

火の熱さを知って子供が賢くなるような……そんな感覚だ。

幻を見るような女が正常に物事を判断して学んでいけるかは、さておいて。

目を開く。病院の真白い天井が、乾いた目を潤すように感じた。

そして滲んだものが視界に幕でもかけるように、薄ぼんやりと白む。

「足が治って落ち着いたら、休みの日にどこか行こうか」

芹が私を見た。野生動物が餌を差し出されて、警戒するような素振りだった。

「どこに？」

「芹の行きたいとこでいいよ。近くでもいいし、いっそ旅行でもいい」

「ご機嫌取り？」

「うん」

正直に頷いたら、「露骨」と呆れられた。

「どこでも？」

「世界一周でも？」

「そんなお金ないよ」

意地悪に生真面目に答えると、芹が笑ってくれた。

「考えとく」

そう答える芹が満足げに目を瞑り、肩を揺するのを見ながら。

小さく、息を吐くのだった。


それから、長い退屈を経て退院する。

でも本当に大変なのはそれからだった。通勤は駅までタクシーで移動した後、松葉杖で脇を痛めながらえっちらおっちら移動しなくてはいけなくて本当に難儀だった。足を速く動かしているわけでもないのに、普段の何倍も消耗する。へとへとになって顔を上げた先にある、大勢の人の織り成す景色が夢の一部のようだった。霞んでいる目はいくら拭っても払えない。

会社では、色々声をかけられた。上司にごめんなさいしたら十日も休んだことについて直接言われなかったけど、遠回りに愚痴られた。お説教が終わったら、仕事が溜まっているとのことで容赦なく作業に移らされた。こういうのも夢であればいいのに、座った椅子と机は固い。

彼女を追い求めた代償は大きい。その上、自分の手の中にはなにも残らないと来る。

握りこぶしを作り、膝に載せる。

また足を折るほどに無理すれば、たくさんの人に迷惑がかかる。

走らなければ、足もめったに折れない。

会社で白い目を向けられないし、通勤も楽で。

休日に疲れ切ることもなく。

芹にも怒られない。

彼女を忘れれば、生活は上手く回る。

嫌な『現実』を知ってしまうのだった。

意識の泡みたいなものが弾けて、気づいたら山の方にいる自分に気づいた。

木の葉と土の湿った匂いが鼻に入り込む。次いで、涼やかな山の冷気を吸い込む。梅雨前にしては湿気の少ない空気が、濁っていた肺をかき混ぜた。

「アオ」

名前を呼ばれ、服の袖を引っ張られる。

「なに？」

「またぼーっとしてた」

隣を歩く芹が注意してくる。怒るというほど尖っていなく、穏やかなものがあった。

「それよく言われるなあ」

「いつも言われるなら直したら？」

「善処します」

でも意識していないときに気が緩むものだろうし、どう直せばいいのか分からなかった。

休日、以前の約束通りに芹と出かけていた。他にも色々行ったけれど、今日は山の方へ少し遊びに行っている。そういうのを段々思い出してきた。ここまでバスで移動している間に少し寝ていたから、若干記憶が曖昧なのかもしれなかった。

「足は？」

坂を前にして、芹が一応心配してくる。

「うん動く動く」

足を前後に軽く振る。足首から先がぷらぷらと頼りないほど軽薄に揺れた。

長い時間とリハビリを受けて足は治ったたし、歩くこともできる。

けれど、走り出す感覚を忘れていた。

そして折れたときの痛みの記憶が阻むように、思い出せない。

山の途中にあった休憩所に寄る。体力的に根を上げていたのは芹の方だった。

「あんた息も切れないのね」

「うん。よく寝るからかな」

今まで走り回っていた時間が睡眠に置き換わって、健康になって。

肉体の回復と反比例して、現実は微睡んでいた。

山で取れたうんたかすんたかを使ったアイスクリームというものを二人で食べる。

用意されたパラソルの下の席に座ると、近くを大きな蜂が飛んでうひっとなった。私は仰け反るだけだったけど、芹は席まで立って逃げかけていた。蜂が遠くへ飛んでいくと、芹が何事もないように席に戻った後、小さく咳払(せきばら)いした。

「アイスクリームちょうおいしいね」

「語彙(ごい)力が中学校の頃と変わってないわよ」

中学生か。走って、彼女の絵を描いて、そんなことばかりしていた。

彼女のことを描くのはすっかりご無沙汰(ぶさた)になっていた。むしろ今こそ、彼女を描いて美しい思い出として飾っておくのも一興かもしれない。

夢の終わりを、形にする。

残るものは寂寥(せきりょう)か、回顧(かいこ)か。

昔のことなんて振り返ってみると、ほとんど走った思い出しかない。

そんな私の後を追いかけてきた子が、目の前にいる。

「芹」

名前を呼ぶ。せっちゃんと呼ぶか、やや迷った。でも目の前にいるのはもう大人なのだ。

「子供のときの夢、叶った？」

内容を敢えて詳細(しょうさい)にせずに尋ねる。

芹は最初、言葉に詰まる。反発が頬を膨らまして、けれどそれをゆっくりと飲みこむようにして。

「うん」

子供のように、素直に芹が認める。

それを受けて、ようやく、一つの待ち合わせが果たせたような心境だった。

まぁ、綺麗な締め方なんじゃないかと私も満更ではなかった。

はずだった。

「…………………………………あ」

おやおやおや、と思わず覗き込みそうになる。

「アオ？」

「……ううん、なんでも」

見なかったフリをする。でも顔を上げても、振動は伝わってくる。

なにせ、自分の身体のことだから。

「良かったねぇ」

そう朗らかに答えるテーブルの下では。

両足が、涙を流すように震えているのだった。

暑さにじわりと侵食されながら目を覚ます。

お湯に浸っているようだった。平衡感覚に悪戯でもされているのか、床が揺らぐ。

漂うような時間に翻弄される。

収まった頃、耳鳴りも少し止む。起き上がると、カーテンの隙間から漏れる日は弱い。枕元の時計を確かめると、早くに起きてしまったみたいだった。会社に出かける用意すらまだ早い。隣の布団で寝る芹は目を瞑っていた。

布団の上に座ったまま、ぼうっとする。なにをすればいいか思いつかない。以前の自分なら、と玄関へと目を向ける。右足を撫でてから、立ち上がった。

音を立てないように靴を履いて外へ出た。夏は日の昇るのが早くて助かる。

マンションの階段を降りる途中、足もとを確かめるように見下ろす。歩くことへの違和感は既になくなっていた。違和感を忘れるというのも、なんだかいびつな話だ。忘れてしまった方がいいに決まっている。でも、忘れるという言葉はそれだけで後ろ向きに思えてしまう。

外に出て、坂の多い道を歩く。勤め先の側の公園は樹木に囲まれていて、そちらでは蝉の鳴き声を聞くことができた。住宅の多いこのあたりでも、もうすぐ嫌になるほど聞けるだろう。早いな、と感じる。思えば昨日は春だった気もするし、先週あたりはまだ冬の寒さに身を震わせていたような気がした。過ごしてきたはずの月日に、敬意が足りていなかった。

こうやって時間を疎かにしている間に死んでいくのかなぁと、漠然と不安になる。歩いている途中で、靴を履いてきたことに気づく。散歩なのに、隣のサンダルではなく靴に足を通す。いつ走り出したくなっても大丈夫なようにという習慣の名残だった。

坂の先へと目をやる。上り坂を全力で上りきろうという気力は、湧いてこない。歩行のリハビリはしたけれど、折れた心のリハビリはしていない。焦燥のようなものはくすぶり、けれどもそれに続いていこうとする意志に欠けていた。ただ歩き、坂を上りきる。

彼女を何ヶ月見ていないだろう。まだ、そこにいるのだろうか？

右足を大きく上げる。そのまま、舗装されたアスファルトに強く振り下ろしたら、と背筋に寒いものが走る。走ることを避けるのは、怯えか、幻覚を追いかけることへの空しさか。

そっと、音も立てないようにして足を地面に戻した。

そうすると背中に、薄い生地でものしかかるように、なにかが降りかかるのだった。

夢から覚めたはずなのに、見上げる空は不安定だ。

孔雀青の空に黄色が混じり、遠くから流れてきた雲が太陽を包んでいる。全体に滲んで、私のとっちらかった心を覗くようだった。

蟬の声が、木もないのにどこかから聞こえてくる。ような、気がしている。

幻聴か本物かの判別がつかない。

入院したあたりから、どうにも意識に膜がかかっている。

確かな現実にいるのに、夢をさまよっているようだった。

今は誰ともすれ違わないから、余計に虚ろな気分になるのかもしれない。

と、そんな内なる声に応えるように、軽やかな足音が私の横を抜ける。目で追って、「あ」と小さく呟いた。大学時代によくすれ違っていた系の女子だった。いや女子って歳でもないかお互い。

今もすれ違う系らしく、私をあっさりと追い抜いていく。名前は知らないけど、その髪型が健在なのですぐに分かった。左側に髪を纏めた左右非対称のそれは、なんとなく印象に残る。

まだ走っているんだな、と見送ろうとする。

でもその印象的な方が、ぴたっと止まる。そしてバックしてきた。背走で私の横に並ぶ。

な、なんでぃとやや警戒しつつも、無言で反応を待つ。これまでお互いに声をかけたことは一度もない。軽く汗を浮かべた抜き去り系女子が、私を眺めながら口を開く。

「走らないの？」

声は見た目から受けるものを大きく裏切らず、落ち着いていた。

「え、あー。足折っちゃって、それからはあんまり」

「ふぅん」

聞いてきた割に、返事はさほど興味なさそうだった。まぁ、初めて話すような相手だし事情なんて知ったことじゃないのだろうそれは分かる、けどじゃあなんで聞くのという話だ。

なんとなくそのまま並んで歩く。顔見知りというほどでもなく、話題も大してなく。どこまで歩いていけばいいのかなと困りながら坂を下りて、見慣れた道に出る。大学の近くの通りだ。

今は地下鉄の駅の方にばかり用があるから、こちらへ来ることはあまりなくなった。実家の周りが遠くなり、次は大学から遠ざかる。動きがないようで、居場所は移ろうものだった。

「……うーん」

なにか話した方がいいかなと一瞥すると、快走系女子は通りかかった駐車場を見ていた。不動産屋の人気のない駐車場を見つめる瞳は、特別な感慨を浮かべるように淡く濡れている。楽しいばかりでないなにかがあった。

「どうかしたの？」

自分の車でも停めてあるのかと聞いてみると、爽快系女子が目を瞑り、穏やかに微笑む。

「綺麗になったと思って」

「綺麗？」

なんの話かと首を捻りかけたところで、あぁそういえばと思い出す。確か結構前に隕石が落下したと騒ぎになったのはこのあたりだ。少しの間、色々な人でごった返して移動が不便だったのを芹が愚痴っていた気がする。

「隕石好きなの？」

我ながら変な質問だと思った。聞かれた方もやや戸惑っているのが伝わる。

「好きっていうか……色々あってさ」

「はー、色々」

隕石に色々あるとは珍しい人だ。

駐車場を通りすぎてから、足速い系女子が私を見る。目を一旦（いったん）逸らして、戻してとやや照れた素振りを見せつつも、しかしその胸に溢れたものを正面から受け入れるように、言葉と態度を捻らない。目もとには深く、口もとには浅い皺（しわ）を寄せて。

「運命の出会いっていうのがあったの」

思った以上の表現が出てきて、面食らう。

「はー……」

驚き半分、感心半分。

臆（おく）することなく、運命を感じるほどの相手。

どれくらい大切な関係なのだろう。

隕石と関連した大層な出会い。宇宙人にでも会ったのだろうか、いやまさかね。

「いや当時は慌ただしくてそんなこと意識してなかったけど、後になって振り返ってみると、ああ、そういうやつだったのかなぁってふと思う……わけね」

また少し恥ずかしくなったのか、駆け抜け系女子がやや早口で説明してくれた。

「その相手とは上手くいってる？」

軽く聞いてしまったけど、相手の笑顔に微かに混じった陰を見て、失言かなと思った。

「どうかな……友達になったかも分からない。ただ、出会ったことは一生忘れないだろうし、忘れたくないし、それに……まぁいいや。多分、もう二度と会えないとは思う」

最後は腰に手を当てて、上を向いてそう言うのだった。

「……そっか」

詳しい事情は聞けないけど、その別れを語る声は後ろ向きなものばかりではなかった。

たとえ終わりがあるにしても、なにかが始まったというだけで羨ましい。

私は、彼女とまだなにも始まってすらいない。

「走らないの？」

さっきと同じ質問をされる。緩やかに歩くことに、疾走系女子は飽きてきているようだった。

「うん……悩んでいてさ、色々。もしかしたらもう走らないかもしれない」

自分で言っていて、言葉がふわふわ浮いているように感じた。

声が耳に入っていないようだった。

「それは、勿体(もったい)ないかも」

朝走る系女子が意外な感想を述べてくる。

「え、なんで？」

「なんかね、走っている姿勢っていうの……そういうのが独特だったから」

駆けっこ系女子が、顔をくわっと前に突き出す。なんだそれは、まさか私の真似(まね)か。

「なにかをずっと追いかけている感じがしてた」

「…………」

芹にも言われたことだった。私はそんなに分かりやすい顔をしているのかな。

振り向いた彼女も、私のそんな顔を面白がっていたのだろうか。

でもすれ違っていただけなのに、よく見ているなと思った。

速度系女子に、いささか興味が湧く。

「あなたってどんな仕事してるの？」

タオルで鼻先を拭いてから、汗なし系女子が答えた。

「先生」

「へぇ」

「国語の先生やってる。なにかを教えるっていうの、案外楽しいから」

教師系女子の表情は朗らかなもので、なるほど確かに楽しんでいると納得させた。

「先生やろうと思ったのも、さっきの話と関係していてさ……だから、運命というかね。一生を左右する出会いにはなったんじゃないのっていう」

手振りを交えて、そんな心境を吐露する。運命という言葉が、殊の外心に響く。

「運命か……いいよねそういうの」

私も出会ってみたいものだ。

……会ってみたい。

会ってみたい！

気づけば奥歯を噛みしめていた。

目線を変えて落ち着けと心をいなし、見ないフリを続けても。

そういうことなんだろうなぁって、認めるしかない。

諦めたというのは当たり前のように建前で。

彼女に、未練たらたらだった。

そして彼女に会うために、私ができること。

それは、結局。

「大丈夫なの？」

心配系女子に顔を覗かれながら心配される。

「なにが？」

「ずっとぼんやりしている感じ」

「うん？　うん……」

これも夢の一つかと思うくらい、ぼやけている。

「めいっぱい走ったらスッキリするかもしれないよ」

意図していないだろうけど、私を取り巻くものへの最良の答えだった。

きっとそれだけで全部ひっくるめて、吹っ切れてしまう。

「……そうだね」

軽快な足音を耳の奥に聞く。染みついた二人分の足音が、遠くへ走っていった。

「さっきの会えない相手……会いたいとは思う？」

彼女は一拍置いてから、頬を掻いた。

「そりゃあね」

あっさりと認める。そうだよね、と前を向く。

そうに決まっていた。

「じゃあ、そろそろ行くから」

大学の前あたりまで来たところで、置き去り系女子が断りを入れてくる。

「うん」

留める理由もない。タオルをしまう系女子を眺めていて、ふと聞いてみたくなる。

「ねぇ、走るの好き？」

早いぞ系女子は、少し考える素振りを見せて。

「どうかな」

逸らした目をそのままに、小さく首を傾げる。

「でも健康には気を遣（つか）ってるの、長生きしたいから」

「へぇ」

そういった目標を明確に口にする人とは、あまり出会うことがない。特に若い内から。

人は歳を取ってから、長生きしたがるものなのだ。

「長生きって、どれくらいのご予定で？」

冗談（じょうだん）半分で伺（うかが）う。しかし彼女は、思いの外、真面目（まじめ）な顔つきだった。

「そうね……百十歳くらいまでは生きてみようかな」

そう語る彼女は正面からの光を受けて、瞳を虹（にじ）のように複雑に輝かせる。

「じゃあね」

ランニング系女子が、挨拶と足取りどちらも軽く走り出す。身体を取り巻くたくさんの煩（わずら）わしさを気に留めないように、或（ある）いは振り切るように。縮んでいくその背中を、ただ見送った。

「長生きか……多分、一番難しい目標かな」

だけどその先に、彼女の求めるものがあるのかもしれない。

彼女もまた、なにかを追いかけるように走っている……そんな風に、見えるのだった。

それに感化されたように足が震えていた。

震わせたままの右足を思いっきり振り上げて、地面を強く踏む。

舗装された道はビクともしない。

そして私の足も、折れない。

大地を強く踏みつけた足は、しっかりと私を支えているのだった。

じゃぶじゃぶじゃぶじゃぶ、景気よく水が溢れ出る。実家とはまた違う味と匂いのする水道水で、何度も顔を洗う。汗を、濁りを、洗い落としていく。

目を囲うように添って、指を強く横に走らせた。

肌でも切れたような鋭い痛みの奥で、散らかっていたものが束になって纏まる。

「よしっ」

顔を挟むように叩く。その刺激に、目の輪郭が痺れて、そして見定まる。

頭から離れなかった蟬の声も聞こえなくなる。耳を伝うのは目まぐるしく駆け巡る血流の音ばかり。

二の腕が、張った背中が、首の裏側が感じ取れる。

ようやく夢から抜け出したように、意識がはっきりとしていた。

一番辛いことってなんだと思いますか。

小学校の先生が、黒板の前に立ってそんなことを聞いてきた。

蟬の鳴かなくなった時期だったと思う。

まだ幼い私たちは、口々に適当な答えを返した。マラソンとか、宿題とか、怪我するとか。わたしは、なんだろなーと考えていた。パッと思いつかないのだから、その時はまだ辛い目に遭ってもいなかったのだろう。羨ましい限りである。

それから少し騒ぎが落ち着いた頃、澄んだ声があがった。

大事な人と離ればなれになること。

他の生徒より少し頭が良くて大人びた女子が、そんなことを言った。

先生が穏やかな表情で頷く。自然、教室の注目はその女子と先生に集まっていた。

みんなのお父さんやお母さん、仲のいい友達、兄弟。ペットもそうでしょうか。今は楽しいしみんな元気かもしれませんが、いつかそれは必ず終わります。ちょっと、考えてみてください。大事な人がみんないなくなって、それを避けることができないという意味を。

そう言われて、みんなが本当に考えたかは分からない。

私は考えてもぼけーっとしていた。

でも女の子で、何人か泣いていた。つい先日にペットを亡くした子も泣いているのを見た。

生徒を何人か泣かせておいて、先生は終始落ち着いていた。

語る内容はともかく、なかなかロックな先生だった。

子供扱いしていなかったということかもしれない。

一番辛いことから逃げられないのが人生です。

だから、毎日をもっと大事にして生きましょうね。

限りある時間の中でたくさん、幸せな思い出を作っていきましょう。

……ま、幸せであるほど辛いというのもありますが。

先生は最後にそう呟いた。どこか遠くを見るような目だった。

私もよくそんなことを言われるので、なにを見ているんだろうと不思議だった。

後日、そういう授業をして子供を泣かせたと、どこかの親に文句を言われていた。

先生は真摯に謝っていたけど、後で一人になったときに『ちょうつらい』とおどけていたのをこっそり見ていた。

そして私は、彼女に会いたいと思って走り出す。

一番辛いことに追いつかれないよう、めいっぱい。


「アオ」

名前を呼ばれる。顔を上げようとすると、半開きだった口が閉じて上下の歯がぶつかった。

「あだ」

大きな音が左の耳から入ってくる。そこで、電車に乗っていたのを思い出した。

アナウンスが、目的の駅までまもなくであることを告げている。

隣に立つ芹が、呆れた目を向ける。

「立ったまま良く寝られるわね」

「軽い軽い」

「褒めてない」

地下鉄の暗がりを眺めていて、気づいたら寝入っていたみたいだ。

右手には吊り輪の跡ができていた。指を二度、三度と折り曲げる。

「小学校の夢を見ていた」

懐かしかった、と内容を掻い摘んで説明する。

芹は首を緩く振った。

「クラスが違う頃だから、知らないわ」

「あ、そうだったたねぇ」

ごめんごめんと謝ってから、振り返る。

電車が駅に着く。地上に出て、それから。

それから。

「ちょっと」

慌てたような芹の声が横からかかる。なんだろうと、首を傾げた。

「どうかした？」

「目が戻っているから」

目？　と正面の扉を覗く。でも駅に到着したため暗い場所がなく、硝子には私が映らない。

「寝ぼけているんだよ」

目を擦る。曇りを払ってから、芹を見た。

「直った？」

「……うん」

芹は曖昧に笑うのだった。

地下鉄から出て、長いエスカレーターを上り、光の混ざる場所へと出る。駅の電灯と、外の明かりが左右から差し迫り、否応にも目は覚めていく。同時に暑さも蒸し返す。

「暑いね」

駅の外を目指して構内を歩く最中、ぼやく。

「夏だもの」

「だね」

ありきたりな会話を交わす。芹はうんざりするように言った。

「早く終わって欲しいわ」

「まだ始まったばかりだよ」

「じゃあ始まらなくていいわ」

「……かなぁ」

どんなことであっても、始まらないというのは辛いことな気がした。

なにを思えばいいかさえ分からないのだ。

駅の外に出る。一緒に出てきた人の流れが大きく二つに分かれて、私たちもまたそれに倣(なら)う。

私は左へ、芹は右へ。

離れる前、芹が私の足もとを確認する。そして、少し安心したように顔を上げた。

多分、運動靴じゃなかったからだろう。

「じゃあ」

「うん」

いつものように別れる。少し進んでから、振り向く。

「芹」

軽い呼びかけながら人混みの中でも聞こえたらしく、芹が反応した。

「仕事、がんばってね」

「そっちこそ」

手を振ると、芹が一瞬面食らった後、振り返した。子供の頃は当たり前だったやり取りだ。

少し思い出して、自然に手が動いていた。

夏の淡くも鋭い、始まりの日差しが注ぎ込む。

その光の狭間に蝉の声が、滲む。

ごめんね、と声に出したけど今度は届かなかった。

「さてと」

ふぉぉ、と大きく息を吐き、強く吸い込む。肺の掃除が終わる。鞄の紐を腕に巻き付けて、きつく縛り上げる。腕を振って妨げにならないことを確認してから、通勤用の靴を脱いで放り捨てた。裸足で地面に降り立つのなんていつ以来だろう。

人が足を止めるほどではないけど、奇異な目で見られているのが服越しに伝わる。

右足の裏をぐりぐりと地面に擦る。日が当たっていないけど、夏場だからか温い。

走れないほど熱くなくてまずは安心する。正面、壁のように広がる無数の背中を見据える。

真っ直ぐ走っては永遠に辿り着けない。でも人混みなら、彼女も大変かもしれない。

追いつけるかもしれなかった。

大人の常識を無視して、子供として走り出せば。

問題はこんな場所で最高速に辿り着けるかだった。やってみないと分からない。

全部不透明だ。できるかも、できたところでなにがあるかも。分からないから、やってみる。

結局、走ることでしか繋がれないのだ。

取るべき道は一つしかなかった。そのために、誰かの手を振り払ったとしても。

首筋の汗が凍るように冷たい。伸ばしっぱなしの髪が、少量の風に揺らされる。

走るのなんて久しぶりだ、と昔映画で誰かが言っていた。

確かに大人は走らない。それで落ち着いていられないなら、私は大人じゃないのだろう。

荒れていく息をゆっくりと吸った。

出会いはいつかの別れの始まりで。

辛い想いが最後に待っていて。

それでも私は、巡り会うことを望む。

そんな想いに背中を押されての走り始めだった。迷惑が一人、駆けた。

人の背中という障害物を紙一重(かみひとえ)で避けて、極力、直線を行く。走れるか不安だった右足はようやく与えられた重みと加速に飢(う)えて、身体を勝手に前へ押し出すようだ。

進むべき電車乗り場への階段はすぐに通り越して、速くなるってこういうことだったと、鳥肌(とりはだ)と共に思い出す。

たくさんの背中を追い越していく。鼓動と共に風が早まる。

時間をおいて久しくとも、血は覚えていた。腕を巡る血が沸(わ)き立(た)つ。

振動で着信を知らせる電話みたいに、予告する。

彼女が来ると。

鼻の先をくすぐる風の変化がそれを知らせて、そうして。

見えた。

彼女が見えた、それだけで不意に涙がこぼれそうになった。目もとが痛切なものに締め付けられて苦しい。絞り出された涙を拭い、今行くからと人の背中を肩で押した。

何ヶ月も遠ざかっていた彼女の健在に感謝する。

二十年は続く鬼ごっこが、飽きもせず今日も始まる。

通園鞄を放り捨てたあのときと、今の自分が重なった。

彼女も真っ直ぐ走ることができなくて、人を避けるのに手間取っていた。彼女が地に足の着いた幻覚で助かった。卑怯だ、申し訳ない、でも追いつきたい。謙虚なふりをして実際は大して後ろめたいこともなく、ただ純粋に、いけるかもしれないという喜びに手足が動いていた。

走ることを忘れていた身体は息が上がるのが一歩も二歩も早い。彼女が手間取っていても、消えてしまえば無意味だ。速度を緩めるわけにいかず、力尽きる前に決めなければいけない。

地面を踏む足の指まで意識する。腕の振りと呼吸を合わせる。ここまで培ってきたものが、身体を自然に、私の走り方に調整していた。呼吸もやや安定して、身体が加速を受け入れる。

大柄な背中を横っ飛びですり抜けて、首を突き出すように前へ出た先で彼女の背中を捉える。直後、誰かの肘と額がぶつかり、頭が跳ね飛びそうになった。後ろへ持って行かれそうな身体を、踵（かかと）に力を込めて減速させない。迸（ほとばし）るものに身を任せて、虚空（こくう）を強く嚙みしめた。

これで追いつけなければ、永遠に隔（へだ）たる予感があった。

だから逃がさない、今度こそ。

頭がぐらぐらする。夢現の境に意識が足をかける。だけど今更（いまさら）だ、幻を日がな一日追っていたような私だ、そんな雰囲気に翻弄されるなんて慣れっこだった。

さぁ動け。

誰がなんと言おうと今、私は最高に充実（じゅうじつ）している。

肘を振り回すように抵抗を振り切って、身体を前へ動かした。

それが丁度、人の流れに戸惑って足を止めた彼女と重なり。

一気に距離が詰まる。降って湧いたその一瞬に、意識が弾けた。

ここを逃（のが）せばきっと、永遠に届かないという予感があった。

腕を伸ばす。もう足が地面を蹴っているのか宙を走っているのか区別がつかない。

身を乗り出して、後先なんて見えないままに。

切望していた、終わりに手がかかる。

海を掻き分けるように。
無数の鳥の群れに手を突っ込んで、掴むように。
彼女の肩に、手をかけた。
ぱしっと。
……ぱし？
音がした。手応えがあった。
それから、振り向いた。
「…………………………………」
鼓動が唾のように、喉から滑り落ちる。
ざぁぁっと、風が背後から追いついたように音が周囲を包む。
人混みの中、私は触れている。目の前にいる、彼女に。
ここにいるのだ。
幻なんかじゃない、現実の彼女が。
駅の壁際に、私と一緒に。
肩を掴まれて振り向いた彼女が、私の顔を見て目を丸くする。
そして。

「あっ！」

唐突な出会いに対して、やや不自然なほど大きい驚きを持って出迎える。

「あの……えっと？」

こっちはこっちで理解が追いつかない。お互いの額に、汗が光る。

指の先には彼女の肩。走ってもいない、景色は緩やかで、でも緊張の余りか酔ったように周囲が揺れる。吐きそうになったけど、ここで堪(こら)えなかったらすべて終わることだけは分かった。

奥歯を噛みしめて耐えながら、身体に悪い無言の時間を過ごす。

「あっと」

彼女の声を、改めて聞く。想像していたものより少し低かった。

「その、あなたは」

ちらりちらり、と未だ肩に載っかっている手を気にしてくる。

「あぁ、ごめん、なさい」

彼女の肩から手を離して、一歩、距離を置く。いやよろめいたというか。

音と、景色が遠い。取り巻く人の流れが他人事みたいに、鈍く感じられる。

中学校のときを思い出す。もし出会えても、なにを話せばいいのか。

なぜ知っているのか、説明できるのかと。

首から上に血が集い、熱く、膨れていくのが分かる。

「あなたって、初対面……だよね？」

向き直った彼女が訝しむ。疑いの目を向けられて大いに恥じ、同時に、感動する。

今、私は彼女と喋っているのだ。

「多分。いや、きっと」

寂寥を込めて頷く。目もとに力を入れていないと、今にも涙が滲みそうだった。

頭が重い。働いていないのが分かる。

目の前に起きていることをありのまま受け止めるだけで、いっぱいいっぱいだ。

「うん」

彼女が頷く。

「そうだよね……」

私の足を見る。靴も履いていない変な女に、彼女は困惑を深めるようだった。

ああどうするどうする、と汗が急激に溢れて背中を伝う。頭は真っ赤な熱に浸ってなにも考えられず、耳元はざわついて心をかき乱される。平静でいろという方が無理だった。

じゃあなんでお前、私の肩摑んできたの？

彼女が考えているのはこんなところだろうかと思って、あわわわと目が回る。

しかし彼女が悩んでいたのは、少し別のことのようだった。

顔を上げた彼女は、当惑の向こうに微かな笑顔を見せていた。

「でもなんだろう、今のね、貴方を見た瞬間の『あっ！』」

実際に大声を上げて指差されて、心臓が止まるかと思った。

「なになにっていう驚きよりさ、あぁって、ばちーんというかずがーんと来るものがあったの。なんだろう、これ。初めて会った相手なのに、あり得ないほどにさ……飛んできた蜂を手で払うんじゃなくて、腕を広げたくなる感覚……んー、分からない」

的確に表せないことがもどかしいように、彼女の眉が波打って踊る。けれど言わんとしていることは伝わり、声も出ないほどに衝撃を受ける。

それは、まさか。いやでも、そんなはずはなくて。

「時間は……ないよね。平日だし、朝だし、会社だし」

時計と、朝日と、私の格好を一つずつ指差しながら彼女が苦笑する。

「いやある、ある、あるよ」

その発言の意味を理解して、彼女の気が変わらない内にと大いに慌てる。

「あります」

顎を大きく動かして、あると保証した。彼女はまばたきを繰り返した後、首を掻く。

「それなら、都合つくならでいいんだけど……少し一緒に歩かない？　なんていうか、あなたのことすっげー気になるの。このまま別れたら、きっと仕事が手につかないくらい」

目を逸らしつつ、こっちが悶え死にそうなことを言ってくれた。

へら、へらと舌先が声も忘れて舞っている。

「でも気になる理由が分からない。歩きながら考えさせて」

彼女が真剣な面持ちでお願いしてきて、いえ、こちらこそという心境になる。

気になる理由、その正体には一つ心当たりがあった。

でもそれは多分、彼女が考えても分かるはずのないことだと思った。

しかし長い文章を理路整然と話せる余裕は今の私にないので、頷くほかなかった。

彼女の横に並ぶ。彼女の背中は逃げていかない、私を、待っていた。

ぎこちなく、ぺったぺったと頼りない足音と共に前へ行く。

えぇと。

大変なことになっていないか、と余計に汗が増えた。

「足大丈夫?」

いきなり話しかけられて、季節外れの静電気を受けたように肌が震えた。

「足?」

どきりとする。

「裸足だけど熱くない?」

私の身軽な足もとを指摘してくる。

「あ、うん。案外平気」

「ならいいんだけど」

なんで裸足なんだろう? と彼女が独り言を漏らして首を傾げた。

私は、そっちか、と溜息(ためいき)をつく。てっきり、骨折のことを言及(げんきゅう)しているかと思ってしまった。

あり得ないのに。

「髪長いね」

また話しかけられたけど、驚きは新鮮(しんせん)だった。

「え? あ、はい。長いです」

受け答えが更につまらないものになる。

「さらさらして良い感じだし」
彼女が私の髪を一房手に取り、愛でるように指先で感触を楽しむ。
「おぉー」とか目を丸くしているけど、こっちはひぇえだった。
ぎょろぎょろぎがんと剝いた目が跳ね回る。
私の反応に気づいて、彼女が「あ、ごめん」と髪を離す。
「馴れ馴れしいね今の」
彼女が謝ってくるけど、「あーいえ」と言うぐらいしかできなかった。
それどころではなかった。
「なんでだろう、抵抗がない……」
彼女はますます不思議がるように、髪の載っていた指先を見つめるのだった。
そんな風に、乗り場を目指して彼女と歩いた。
歩いている。
歯を食いしばって身を乗り出す必要もない。横を向けば、彼女がいた。
見る度にふわふわする。現実味がなくて、暑さも忘れるほどで。
夏の日も、周りの人もみんな遠いことに、作り物みたいに感じられる。
何度も思い描いた夢に、手応えのなさが似通っていた。

これは夢？　現実？

振り返った先に、私の脱ぎ捨てた靴はあるのだろうか？

怖くて、確かめる気が起きない。

ただ漠然と、もう走っている最中に彼女の幻は見えないのだろうという感覚があって。

なんでか、泣きそうになる。

それは儚（はかな）くも綺麗なものを見かけたときの切なさに似ていた。

「えー……」

彼女が急に額を押さえて、困惑の声をあげる。そして、私を横目で何度も窺う。

「どうかしたの？」

「いや、なんだろー……うん、なんでそんなこと思ったのかな」

彼女がえへうへ、と私に尋ねるように困り顔で笑いかけてくる。

「聞かせて」

「え、やだ」

彼女が首をぶんぶん横に振る。私も、ぶんぶん振った。「なにそれ」と半笑いを浮かべた。

「だって、変だよこれ絶対」

「変でもいいよ」

食いつく私に、彼女が間を置いて確認してくる。

「引かない？」

「引かない」

なにがあっても、走ってここまで辿り着いたから。

「急にこんなこと言いだして変なやつーって引かない？」

「私より変な自信、ある？」

彼女が目をぱちくり瞬かせる。そしてぷっと、息が抜けたように笑う。

「ないわ」

そこからまた、彼女はゆっくり、大きく、別の笑顔を見せる。

一目見た瞬間に、息を呑み、胸と首が脈打つ。

私が一番、心待ちにしていた笑顔だった。

夏を象徴するような、明快な喜びで着飾る彼女が言った。

「春もいいけどさ、夏の海も一緒に行ってみたいね、って」

必死な形相で走ってきて肩を摑んで、
靴も履いていなくて汗だくで、
急に涙の止まらなくなる女を彼女は好きになってくれるだろうか。
早速、心配になってしまった。

銀の手は消えない

目覚ましは朝から元気だった。いや、こいつは朝しか元気じゃないのだ。変な生き方だなぁと感じながらのたくたベッドの上であがいて、腕を伸ばす。頭が半分だけ開いているようなまま目覚ましを止めて、そこで力尽きる。腕を伸ばしたままの姿勢で目を閉じる。

はっとして、飛び起きると五分ほど経っていた。

こんな起き方で目覚ましの意味はあるのかなとちょっと悩む。でも目覚ましを用意したという安心が、夜に健やかな眠りを提供しているのだ。そう思うことにした。なにもなければ昼前まで寝坊しかねない。

寝間着を脱いで半袖のセーラー服に着替える。家で使っている柔軟剤の香りがした。袖を摘んで鼻を近づけて、感じなくなるまでその匂いを吸った。

着替えて鞄を用意して一階に下りる。父はとっくに仕事に出かけているので、台所には母しかいない。父は港の近くの市場で働いている。趣味も兼ねて日に焼けているけど、母は対照的に青白い。魚の腹ぐらい青白いと父によく言われて、母は面白くなさそうにしている。

その母の用意した朝食を取る。トーストの上にチーズが載せてあった。端から囓ってみるとその間にピザソースが塗ってあったらしく、ケチャップに似た味わいが広がった。

「香ばしいなあ」

わざわざ口に出すと、母が怪訝そうな顔をした。

ゆっくり、一口ずつ嚙みしめて飲みこむ。

感じたものと、目の前にあるものに齟齬がないように。

食べてから牛乳を飲んで、その後に歯を磨く。歯ブラシが口の中を突っつく感触を、一つずつ丹念に、掬い取るように感じる。鏡に映るものを見逃さないようにしていたら目が乾いた。

「行ってきます」

準備を終えて挨拶したら、母親が玄関まで見送りに出てきた。

母の笑顔は優しい。けれど、わたしとはあまり似ていなかった。

外に出る。今日も青天だった。雨はめったに降らない。空の隙間を埋める雲は前に見たことのあるような形をしていた。見上げながら道を歩いていると、鼻の下が風にくすぐられた。

潮と砂の混じった風は涼やかで、少し強い日差しと噛み合うように心地良い。

機嫌良く、上下に白色の目立つ道を歩いた。

近所に住む人とすれ違い、何度か挨拶した。塀を越えるようにみかんの木が自己主張して、実をつけているのを見上げる。鳥もつつく様子がないけど苦いのだろうか。さすがに手を伸ばしてもぎ取るわけにもいかないので、道路の方へ落ちたら拾って味見してみたいと思い続けているけど、未だ叶ったことはない。今日もその下をすり抜けて、口に唾が溜まるだけだった。

温度は平均して二十度前後、少し肌寒い日もあるけれど、冬が訪れたことはない。

大体は現実の通りでありながら、そこだけは揺るがなかった。

ここにあるものはすべて現実ではない。

わたしの感じているものも当然、想像の産物だ。

わたしか、この夢を見続けているもののどちらかの。

この世界は夢の中にあった。

それを誰かが教えてくれたわけではない。わたしの中には確信があるけれど、確固たる証拠はない。強いて言うと、アルバムや思い出の品なんてものがなにもないことだろうか。親とは仲がいいけれど思い出話の一つもしたことがない。気づいたときには十六歳の自分だった。

とはいえ確証もないので、誰かに話したことは一度もない。

みんな気づいているのだろうか？

気づいていないなら、特に問題はなく生きていける。この夢は精巧だ。なんと、指を怪我すれば血が流れるのだ。痛みもあるし、傷が治るのにも数日かかる。かさぶただってできる。

剝がす。

よくない。

この夢を見た人はきっと、とても想像力豊かなのだろう。

もしくはわたしの頭がおかしいか、どちらかだ。

本当は現実そのものなのに夢だと思ってしまっているのだ。

そっちの方がよっぽど幸せかもしれなかった。

制服に着替えたし鞄も持ってきたけれど、別に学校は行っても行かなくてもどちらでもよかった。その日の気分で別の場所に赴き、時間を潰し、家に帰る。それがわたしの毎日だ。

わたしの暮らす町は海に面している。ヨットやフェリーの埠頭はその船体が真白く海に映えて、観光客も見学に来る。海外の港町みたいに垢抜けてはいないけど、海が身近にあるというだけでなんとなく居心地の良さを覚えた。

　砂浜もあるけれど尖った岩が放置されていて少し危ない。子供は勝手に遊びに行ってはいけないことになっている。わたしも幼い頃は行かなかった。というか、幼い頃というものがない。

　両親こそいるけれど、その両親の間に生まれたのかも分からなかった。

　まぁ、それはさておき。

　どこにいても潮の匂いが届くような、小さな町だ。その湿った風がわたしは好きだった。その風に誘われるように通学路から外れて、海沿いの道へ向かう。今日は学校に行かない日らしい。学校は最初の頃、ずっと通っていたけど授業があったりなかったりと不定期だったので、次第にこちらもいい加減になってしまった。行かなかったところで、咎められることもないのだ。

　海岸沿い、堤防の上を歩く。脇はテトラポットに埋め尽くされていた。時々、このあたりで投げ釣りをしている人を見かける。釣り上げられる魚はどこから来たのだろうと、時々考える。

海の向こうに別の町、別の土地があるとは思えなかった。それどころか道なりに進んでいってもどこに辿り着けるだろうかと疑問になる。流通のトラックが町を走るところは見たことがない。上手く回っているようで、注意深く見ていくとそこかしこに破綻がある。ちゃんと出来上がっている町はあるけど、積み木の間に指を通すような感覚は拭えない。

堤防の足場が狭くなってくる。それは砂浜に近づいた標識のようなものだった。やがて斜面になった白浜が、発光するように眩く見えてくる。その光の中では、人影さえ漂白していきそうだった。

「あら」

砂浜に立つ女の子が見えた。同じような、でも細部の少し異なる制服を着ている。独り海と向かい合っている。先客に場所を取られてしまっていて、まいったなと見つめ続ける。

髪はわたしより短い。おかっぱに近いけれど、襟足が少し長い。海風を受けた髪が息を吹き返すように踊って、隠れていた耳が表に出た。そうすると、少し幼さが消える。

側に転がっている靴が、浜に乗り上がった波に浸る。そのまま引く波にさらわれようとしているけど、女の子は水平線を見つめているのかなんなのか夢中で気づいていないようだった。

「くつ、くつー」

見かねて声をかける。女の子の背が跳ねるように反応して振り向く。それから、身振り手振りで危険を知らせるとそちらを向く。「おっと危ない」と呟いたように見えた。女の子が浜を駆けて靴に飛びつく。中まで海水まみれの靴を摘み上げて、ひっくり返した。

丸めた靴下が転がり落ちる。そっちもずぶ濡れだった。拾ったそれをスカートのポケットにそのまま突っ込む。

「ありがとーっ」

女の子が掲げた手と靴を一緒に振ってくる。小さく振り返してから、そのまま歩き去る。

行き先を失った問題は解決していないけど、まぁいいやと悪くない気分になった。海の気分ではあるけど町には他にも行ける場所がたくさんある。大通りに出れば店はたくさんあった。

アイスクリームを食べてもいいし、服を買いに行ってもいい。喉が渇けばお茶を飲む。
同じことを何度も繰り返しているはずなのに、いつの間にかそれを忘れている。
残るのは、甘いとか欲しいとか潤うとか満たされることばかり。
世界は少しだけ、わたしに都合良い。
現実に生きていない自分は、しかし死んでいるわけでもないようだった。
これは夢の話である。
わたしは夢の世界にいる。
夢の中で、毎日を当たり前のように生きている。
夜は眠るし、ご飯も食べるし、そのへんの家の壁にぶつかれば痛みもある。
現実をなぞるように大人しい空想。
これは、そういう話だ。

また、朝に目が覚めた。
夜中に眠って日が昇るのを出迎えるという当たり前に、時々感心する。
ここが夢であるなら、恐らく人の心の中にあるのだろう。

つまり人は無限の想像力の中で太陽を作り出せる。広い海だって持てる。すごいぞ、人類。

ぼんやりした頭で感動しながら起き上がる。カーテンを開けてから、窓際で日に当たる。輝きが睫毛に載って、その重たさを感じる。目を瞑っても瞼を透かして外の景色が見えるようだった。

少し経ってから、「あ、そうだ」とのんびりしていてはいけないと思い出した。

制服に着替えて、鞄は持たないで部屋を出た。今日も学校に行く気はない。でも制服は着てしまう。いっそ、起きたときから制服を着させておいてほしいと思った。

朝食もそこそこにして家を出る。胸を張って早歩きで、海を目指す。

あの女の子より先んじないといけなかった。

昨日のことを踏まえて行動を決めるのは珍しいから、少し興奮していた。

ご近所さんとすれ違って挨拶するとき、その顔をそれとなく観察する。みな優しそうで、似ていなくて、知らない顔だ。いや知ってはいるけど、ここでしか会った覚えがない。いくら頭を捻っても、わたしにもう一つの世界、現実を生きたという記憶は存在しないのだった。

現実に生きていない者が、夢を見るだろうか？

答えは恐らくあり得ない。

ならばこれは、誰の夢なのだろう？

町のたくさんの人の中に夢見る本人も紛れているのだろうか。それとも別に遊びには来ない？　だとしたらなんのためにこんな町を作ったのか。本人の暮らす町の模造なのだろうか？

一度も乗ったことがないけど、電車やバスに乗ったらどこまで行けるだろう？

空の向こうに宇宙はあるのか？

ここで死んだらどうなる？

わたしって何者だ？

そういうところを考えて突き詰めていこうとしても、いつも頭に靄がかかって整理整頓できたことがない。混然として、いつの間にか忘れていく。

きっと永遠に答えには辿り着けないのだろう。そういう風にわたしと世界は出来ている。

大体、わたしに脳はあるのか？

「これが分からない」

時々、自分がピンク色の綿飴でできているような錯覚に囚われる。

錯覚じゃないかもしれない。

早歩きはいつの間にか堤防に行き着いていた。今日こそは砂浜を独り占めしたいけど、どうだろうと足が急く。結構長い時間、この町で暮らしているけれどあの女の子は昨日初めて見かけた。知らない顔が増えるのは珍しい。

現実でその女の子と、夢見る誰かが出会ったのかもしれない。

考えていると、その顔を見つける。

砂浜より手前、テトラポットひしめく堤防沿いに女の子がいた。思わず足を止める。今日は突っ立っているわけではなく、海に向けて釣り竿を垂らしていた。投げ釣りではなく普通の竿だ。テトラポットの不安定な足場に裸足で立っている。靴は堤防の上に置いてあった。

海と向き合ってこちらには気づいていないみたいだった。潮風に跳ねる髪とスカートの裾を目で追う。魚はまだかかっていないみたいで、急かすように女の子が釣り竿を揺らしている。その細かい動きに合わせて微動する女の子を見つめてしまう。目が釣られている感じだった。

通りすぎて歩いていけば、浜にいることを邪魔もされない。

でも、どうしようかなと悩んでいた。

どちらかというと、新しもの好きだからだ。

「ふむ」

通りすぎることを止めて、声をかけてみた。

「釣れるの？」

女の子がびくっと、昨日みたいに背を仰け反らせるように反応する。そして振り向く。

「あ、昨日の」

わたしはテトラポットの上を歩いて距離を詰めるのは少し怖いので、堤防の端っこに立つ。女の子は釣り竿の反応を確かめてから、もう一度振り向いた。

「学校行かないの？」

女の子が聞いてくる。自分はどうなのと思いつつも答える。

「今日は休み」

「昨日も行かなかったんじゃない？」

歯を見せるように笑う。日差しが染みたように肌の色合いが眩い。

「そっちこそ」

「わたし学生じゃないもん」

セーラー服の上下を指差す。

「格好」

「これは好きで着てるだけ」

女の子がスカートの裾を摘んで広げる。制服が好きなんて変わっている。

「…………」

考えたら、わたしも似たようなものだった。

「釣れそう？」

「分からない。ここで釣るのは初めてだから」

そう答える女の子の傍らにはクーラーボックスやバケツの一つもない。

適当だなあと、空を仰いだ。

少しの間、女の子の背と海を見つめた。どっちも穏やかで、きめ細かい。

「昨日はあれからどこに行ったの？」

前を向いたままの女の子が話を振ってくる。

「町でアイスクリーム食べて、お茶飲んだ」

服は見るだけで買わなかった。どうせほとんど毎日、制服しか着ないのだ。

「良い感じじゃない」

「そう？」

なにがだろうと首を傾げる。こんなのは誰でも思いつくし、誰にでも出来ることだ。ありふれて、その場で足踏みしているみたいで、良い方向に進んでいくとは思えない。

「普通って、価値を認められたから定着するものなのよ」

女の子の意見に、思わず顔をしかめたのが分かる。

たとえ夢でも、なんでもありは歓迎できない。

「心を読むのはよしてくれない？」

「あれ、声に出てたよ？」

女の子が不思議そうな声をあげる。ほんとかな、と訝しんだ。

でも疑っていても、どうしようもないことではある。

「そうかな」

「そうとも」

得意げな顔と鼻先を見て、それでいいかと思った。

ややあって、声をかけてくるのはまたあちらからだった。

「シロネ」

「しろ？」

いきなりなので、なにを示すか最初分からなかった。

「わたしの名前よ」

女の子が釣り竿を引っ込めてから振り向く。そしてテトラポットの上を跳ねるようにして引き返してきた。足を滑らせれば結構な危険を生むのに、女の子にとっては遊びのようだった。

わたしの隣まで帰ってくる。スカートから伸びた白い足が、素足だと一層映えた。

「いい名前ね」

「でしょう」

自慢するような調子だった。まさか自分で決めた名前なんだろうか。

「釣果は？」

「あなた」

女の子、シロネがにこりと笑う。

「定番ね」

「どこの定番？」

「海には毎日来てるの？」

相手の質問は無視して、これまで会ったことがない新顔に尋ねる。

「そうよ」

いつからの『毎日』なのか、確認したらきっと矛盾が生まれる。

だからわたしには聞けないのだろうと思った。

「その割に日焼けしてないね」

少し遠回りに攻めてみる。シロネは「そういえばそうね」と大して不思議がりもしない。

「不思議ね」

「……そうね」

言葉が軽い。わたしほどこの世界に疑問を持っていないようだった。

それはそれでいいけれど、一抹の寂寥もあった。

歩き出す。

「あら」

砂浜に向かおうとすると、シロネがすぐに追いついてきた。足もとを見ると、素足で靴の踵を踏んでいる。肩に釣り竿をかけて、わたしに微笑みかけてくるのだった。

「浜に行くんでしょう？　わたしも行くとこなの」

「それは知らなかった」

「賢くなったわね」

うふふ、とシロネが嫌みなく笑う。確かに……確かに、そうだ。

脱力するのも勿体なくて、半ば無理矢理に肯定する。

前髪を掻き上げながら、上を向く。

「そうね」

賢くなったら、人は思い通りに生きていけるのか。

それとも身の丈を知って身動き取れなくなるのか。

どっちだろうねぇ、と光に目を細めた。


昨日は訪れなかった砂浜に座り込む。シロネも隣に腰を下ろした。

足首を少し傾ければ、お互いのくるぶしがくっつく距離。

スカート越しの砂浜は、少し温い。

シロネの足が伸びて、踏んでいた靴を落とす。

花弁でも落ちるようだった。

「裸足って一息ついた感じで落ち着くよね」

「そうかな？」

自分の足を見る。靴下もしっかり履いていて、なるほど海という背景にはちょっと似つかわしくない。海は広いじゃないけど、解放感のある場所では少しお澄ましさんだ。

シロネが期待を込めたように目を輝かせながら問う。

「脱ぐ？」

「考え中」

このへんの砂浜は岩や欠けた石も転がっているので、安易に裸足で歩くのは危険だった。

ぼうっとする。やってきた小さな波が岩や崖にぶつかって跳ねる音がする。目を瞑ると耳の裏でその音が渦（うず）を巻くように思えた。その渦が消えると、清涼（せいりょう）なものが肌に残る。

視線を感じて目を開くと、シロネが顔を覗いていた。

「なにしに来たの？」

「海を見に来たの」

正確には海を眺めながら、日がな一日思索に耽るためだ。

部屋に籠もって考えるよりも、思考の幅が広がる気がする。

どうせいくら外にいても、日焼けしないし。

「それだけ？」

「それだけ。退屈？」

「ううん、いい感じ」

シロネはさっきと似たようなことを言った。口癖なのかもしれない。

それからは、無言で海と向き合う。

波は優しい。大きいかなと思っていても、やってくる頃には崩れて砂浜に身を投げ出す。

波は儚い。遠くに姿が見えているのに、辿り着く頃には崩れて砂浜に身を投げ出す。

時々、わたしたちのところまで届いて靴や足を濡らしてきた。

目で追っていると、考え事に来たはずなのに頭が働かない。

いくら時間が経っても見飽きない。

慣れないのだ、まったく。だから常に新鮮で、飽きない。

退屈しない。

その退屈が存在しないということに、最近疑問を抱いた。

そうしたときわたしは、ここが夢であったと悟ったように思う。麻酔が切れたように、多くの感覚が息を吹き返したのだ。ただ、最近というのがいつぐらい前だったのかもあやふやだ。少し前までは覚えていたはずなのに、いつの間にか忘れている。

ここが夢だということも次第にまた忘れていくのだろうか。

ぞっとしない。

シロネの顔を覗く。穏和で、口や目もとは緩く退屈している様子はない。彼女は、ここが夢だと自覚しているのだろうか。

「時々、海って空が落ちてきたものなんじゃないかって思うの」

遠くを見ながらそんなことを吐露する。

「愛で？」

「いや普通に垂れ流れて」

どばばーっと、と手を上下させて表現する。

「あまり素敵な表現じゃないわ」

シロネが困ったように笑う。その困り顔は、普通に笑うより似合っているように見えた。

以前にどこかで見たような気もするし、他人と取り違えているかもしれない。曖昧なところに引っかかる笑顔だった。

海の景色に包まれて、時々シロネを横目で見る。

シロネは大人しそうな顔で、でも風で髪が後ろに流されると活発そうな印象が強まる。顔つきがシャープなのを、おかっぱ風の髪型が隠しているからだろうか。近くだと左の耳にホクロがあることに気づく。そしてそんなことに注目していたら、目が合ってしまった。

シロネはそれを嬉しがるように頰を緩める。やや、気恥ずかしい。

「聞くの忘れてた。あなたの名前は？」

「……あ、まだ言ってなかったね」

町は顔見知りばかりなので、自己紹介も久しい。

「三島」

「ふぅん」

「もうちょっと色好い反応してよ」

「えぇー……あ、潮騒が似合う名前ね」

なぜ。首を傾げると、笑ってごまかされた。ふわふわしているなぁ、なんだか。

ふわふわ繋がりで、ふと思い出した疑問があった。丁度いいやとシロネに聞いてみる。

「シロネは、夢を見たことある？」

少し考える仕草を見せた後、シロネはゆるゆると、首を横に振った。

「見ることはあったかもしれない。でも内容は覚えていない」

「そう。わたしもなの」

眠りとは暗転だ。スッと灯りが落ちて、そしてすぐに点く。

不眠や徹夜なんて体験したことがない。もっと言うと、夜明けを迎えたことがなかった。

夢の中にいるのだから、それが当たり前なのかもしれない。

「夢を見るって、どんな気分なんだろう」

今のわたしや取り巻く環境以上に不安定で、断片的なものなのだろうか。

そんなものを、人はなぜ見るのか。

「きっと夢見心地ね」

シロネがほんのり得意げにそう言う。

「うん……」

上手いこと言っているようで、なんにも分かっていない気がした。お互いに。

シロネの傍らに置かれた釣り竿が暇そうにしている。

「釣らないの？」

「ここじゃあ無理ね」

シロネが海を覗くように首を伸ばしながら言う。その張った首筋に、目が留まる。

ほんのりと光に染まって、青白い肌が艶と精気を着飾っている。

綺麗だな、と一度気づくと目が離せない。

海と同じように、シロネを見るのも見飽きそうになかった。

「あっと。そろそろ帰らないと」

シロネがなにかを思い出したように立ち上がる。こっちは堂々見つめていたことに
今更、気恥ずかしさを感じて目を逸らす。

帰るって、どこへ？

聞きたかったけれど、なにかが滞りそうで口を開けなかった。

「そうだ、明日は町で待ち合わせしない？」

私を見下ろしながら、シロネがそんなことを言う。

シロネに、また会うのか。

悪い気はしない。特に明日という部分を気に入る。

「いいけれど、どこへ行くの？」

「どこへでも行ってみたいから、どこでもいいわ」

また哲学的な雰囲気があった。でもきっと、適当なこと言っているんだろうなあと思った。

自分が時々、そういうことを言いたくなるからよく分かる。

「どこへ行くかはさておいて、待ち合わせ場所くらいは決めておこうか」

終わりや過程はともかく、始まりくらいは決めないと話にならない。

「じゃあ学校の前で待ち合わせよう」

シロネの提案に、なにそれと眉に力がこもる。

「学校行かないのに？」

「行かないのに」

シロネが自分の発言をおかしく思うように破顔する。肩にかけた釣り竿が、影ごと揺れた。

約束を終えて、シロネが離れていく。その背が距離を開く前に声をかけた。

「さよなら」

「ええ、また明日」

シロネの挨拶に、少し息が詰まる。吸って吐いて、言い直した。

「また明日」

口にして、素敵なものだと実感する。

シロネは釣り竿を担いで去って行く。結局脱いだ靴は履かないで、素足を晒したまま
まだ。汚れのない膝の裏側や、波に濡れたスカートの張りつく臀部をつい凝視してし
まう。線がはっきりと浮き出ていて、なんというか……いやいや、と浮かんだ発想を
はじき出そうと頭を振った。

頭が冷えるまで、まだここにいることにした。

波は飽きもせず、寄せて引いてを繰り返す。わたしはそれを、飽きもせず眺める。

わたしたちの上を流れる雲はいつまで経っても、いつ見上げても既視感があった。

それでも時々は見上げたくなるものだ。

ずっとここにいてもいいかという気になる。なるだけで、実行したことはない。

一日が終わるとき、もし家の外にいたらそのまま夜と共に消えてしまうような、そ
んな嫌な予感があった。だから飽きなくても、居心地が良くても家には帰らないとい
けない。

人は夢のような世界を、現実で息苦しくしながら乞う。

でも住んでみればなんのことはなく、その不確かな部分だけが肌に触るのだった。

そんな場所でも、たまには誰かと巡り会うこともある。

なにもなければ、今日も明日も変わらない。

今日に輪郭線を引く明日の変化。

忘れないように、爪先で砂浜に約束を描く。


場所も、約束したことも次に目が覚めたときにちゃんと頭に残っていた。

それは嬉しいことだと、寝起きの頭が喜んでいる。

きっと今、わたしは笑っているのだろう。

元気に跳ね起きて、授業を受ける気もない学校へと走った。

ギラギラ輝く太陽と同じく、わたしの目の中もギラギラしていくのが分かった。

何日か、何週間か忘れたけれど久しく見ていなかった学校に到着する。正門前にシロネの姿はない。早く来すぎたか、とお日様の具合を測る。分からない。日が昇ったら太陽の位置は変わらず、一定の時間を経ていきなり夕暮れが訪れるような感じだからだ。

電灯の紐を引くように光量が切り替わる。宇宙の完璧な再現は難しいみたいだ。

正門横の柱に背を預けて、シロネを待つことにした。

制服を着た生徒が時折、やってきては校内へ入っていく。見覚えある気はしても、それぞれに区別はつかない。凝視しないとその造形は粘土でできた人形みたいに不安定になるのだった。

グラウンドでは陸上部のユニフォームを着た女の子が駆け回っていた。フェンス越しに目で追う。他に比較するものがないのではっきりしないけど、速いようだった。しばらく眺めていたけれど本当に走っているだけなので、目を離して周りを窺う。いない。

シロネは来ない。また明日、と昨日交わしたその言葉を反芻する。

唐突に現れたのだから、いきなりいなくなっても不思議ではない。

夢ってそういうものだろう。むしろ理路整然とした夢なんて気味が悪い。

きっとわたしたちは交通事故で死ぬことはなくても、泡のようにある日急に消えてしまうことはあるのだ。常に靄に包まれているような感覚があり、それにそのまま呑まれていくのだと思う。

空想の世界であっても死や離別からは逃れられない。

それはわたしたちがどんな世界であっても、誕生したからなのだろう。

生まれたら、いつか死ぬ。

後になにも残らないような、夢の欠片(かけら)でも。

「……あら？」

太陽と雲の動かない世界で影が差す。

見上げて、ぎょっとした。

シロネが門の上にしゃがんで私を見下ろしていたのだ。目が合って、にかっとシロネが笑う。

「とぅ」

そして飛び降りてくる。やや前につんのめって道路にはみ出そうになりながらも、くるくると回って事なきを得た。わたしの前にやってくる。わたしの驚いた顔を思い出すように肩を揺すった。楽しそうだけどもちろん、こっちはあまり面白くない。

「いつ来たの？」

「今し方。ぼーっとしていたからつい」

「つい驚かせようと高いところに上る癖があるの。へぇー」

「わたしも知らなかった」

あっはっはと二人で笑う。……皮肉は通じない性格らしかった。

シロネは今日も今日とて制服だ。そういうわたしも変わりばえはなし。ただ今回のシロネはゴム草履を履いている。親指が名前の割に小ぶりでかわいらしい。

「ごめんね、待った？」

「少しね」

返事をしてから気づく。場所は指定したけど、時間は決めていなかったなぁと。でも夢の世界なので、多少いい加減で整合性が損なわれていてもなんとかなるのだった。

「じゃあ次はわたしが先に来て、少しあなたを待つわ」

「あ、気にしなくてもいいから」

いいのよ、と手を振ったら、いいのよと真似するように手を振り返された。

「人間は平等である必要はないけど、公正ではあるべきだと思うの」

そのシロネの言い分に、「そうなの？」と首を傾げる。

わたしは辞書ではないので、公正の意味をすぐにはっきり思い出すことはできなかった。

「じゃ、行きましょう」

　手ぶらのシロネが腕を大きく振って歩き出す。学校とは正反対の方向だ。ゴム草履がアスファルトを踏む音は靴よりも軽い。ここまで来てから町に移動するのか、と二度手間を感じたけれど別段、やることがあるわけでもない。ムダを楽しめばいいのだと悟った。

　シロネの横に並ぼうと早歩きになる。

　去り際に振り返ると、グラウンドではまだ女子が走り続けていた。

「素敵なあおぞらね」

　歩きながらシロネが斜め上空の景色を賞賛する。いつも見ている慣れた空だ。

　普通とは価値を認められたから定着する。

　そんなものなのだろうか。

　両側を畑で占める、舗装されていない道を真っ直ぐ進んだ。

　やがて土は途切れて建物が増えてくる。わたしどころか学校の頭さえ越すような、大型の建造物が一気に増して視界がやや暗くなる。ビルの陰を歩くと、先程までの暑さがなりを潜めた。

　建物の隙間を抜けて中央通りに出る。手書きのアーチが頭上に飾られて、町の観光客へ歓迎の意を示していた。アーチの端は赤い塗装が剝げて、潮風を受けて錆びついている。

「どこに行ってみる？」

シロネが腕を大きく振って前方を指差す。

「トロピカルしたいからジュース飲む」

「具体的なのか微妙な目的だなぁ」

いくら海に近いとはいえ、そこまでトロピカルしている町並みでもない。トロピカルできるだろうか。ところでトロピカルってなんだ。バナナ、海、常夏！　まぁ大体合っているだろう。

広い町ではないので、配置は概ね把握できている。だから、ないだろうと分かってはいた。でもトロピカルを探して前進するシロネの力強さに水を差すのもためらわれる。

かくしてトロピカルできる店を求めて町をさまようことになった。

「二百七十円になりまーす」

あった。

レジで精算を済ませて、受け取ったグラスの黄緑色に笑う。

「さすが夢の町だ……」

「え？」

シロネはカラフルな紫色のジュースを買った。ドラゴンフルーツのジュースらしい。

「気にしない」

「三島のは、それ、なに？」

「サトウキビのジュース」

「おいしいの？」

「分からないから買ってみた」

店内は濃厚な甘い香りがする。灯りはつけず、店の隅に心地いい薄暗さが残る。

派手なペイントのグラスから覗ける道路は、日当たりの関係で過剰に白い。

「ここにあるんだな、覚えておこう」

頭の中の地図に書き足す。幾重にも書き足された地図に、整合性はない。

町は四角だったり、弧を描いたり、円状だったりした。

天気がいいので外の席で飲むことにした。プラスチック製の白い椅子は引くと少し不安になるくらい軽い。テーブルも白かったけど掃除が滞っているのか、細かい木の破片やらが乗っていた。手で払い落とした後にジュースを置く。日の下で見ると液体の輝きがまた異なる。

「うちの庭にあるのと同じやつね」

シロネが椅子とテーブルをそう評する。言われてみると、ガーデニングの参考画像にでも使われていそうだった。外の席にはわたしたちしか座っていない。店の前の狭い道を、自転車に乗った少年が勢いよく走っていく。学校はいいのかな、と自分のことを棚に上げて思った。

さて、サトウキビジュースだ。早速ストローで吸ってみる。飲みながら視線を感じて目を向けると、シロネは自分のジュースに口をつけないで、わたしの反応を窺っていた。

「どう？」

ストローを口から離して述べる。

「思ったほど甘くはなかった」

「そうなの」

シロネが催促するように手を差し出してくる。察してグラスを渡した。ちゅぞぞ、とけっこう遠慮なく飲んでくれる。途中、一度目を大きく開いて動きが止まる。でも結局飲んだ。

「素朴（そぼく）な味」

グラスを返しながらの感想は短かった。続けてドラゴンフルーツのジュースを少し飲んで、にっこりする。そっちの方がお気に召したらしい。わたしのジュースも飲みやすくておいしいのに。……そういえば、こういうのは間接キスってやつだろうか。

わたしたちに唾というものがあるかは、はっきりしないけれど。

そういう問題じゃないか。

じゃないな。

うん、意識すると人並みに恥ずかしい。だから頭が冷静ぶってごまかしていた。

向こうのジュースも貰ってみようか少し悩んだけれど、ややこしく考えてしまいそうなので止めた。

それにドラゴンフルーツの味は知っていた。確か、やや薄い。

しばらくそのままトロピカルする。

ジュースが半分になる頃、周りを見回す。煌（きら）めく陽光、吹き抜ける風、高く淡く映える青空……はあるはずなのに、どうにも爽やかさに欠ける町並みであると思う。奥行（ゆ）きを感じないからだろうか。向かいの建物の灰色な具合を含めてのっぺりしていた。

潮風のじっとりとした具合を含めて、嫌（きら）いではないのだけれど。

シロネはテーブルに頬杖をついて、道行く人に目が動いている。誰かが行き来する度、その顔を追っては目を細めていた。ただの暇つぶしにしては熱心だったので少し気になった。

「どうかした？」

声をかけられたシロネは頬杖を解いて、グラスを手に取る。

「人を探しているの」

「へぇ、どんな人？」

今し方通りかかった社会人の、逞しい背中を見ながら聞いてみる。

「さぁ……」

グラスと中の液体を揺らしながら、シロネの返事は曖昧だった。

「顔を覚えていなくて」

どんな人というのは、そういう質問ではなかったのだけど。友達とか家族とか関係を問うたのだ。返ってきたのは、目を点にするような困ったものだった。

「そりゃ、大変ね」

「うむうむ」

さして困っていないようにシロネが頷く。ついでにジュースをちゅぞぞ、と吸った。

「それじゃあ見ていても分からなくない？」

「見たらぱっと思い出すかもしれない」

「なるほど」

そうかもしれない。

「名前は？」

「なんだっけ」

「……………………」

こっちも負けじとちゅぞぞする。入っていた氷が溶けて、やや味が薄くなっていた。

「友達？」

「うーん」

「いつ会ったの」

「えーと」

「……なにが分かってるの？」

そっちを聞いた方が早そうだった。シロネはグラスを置いて答える。

「性別、かなぁ。女の子を探しているの」

そこだけは返事がはっきりとしていた。女の子か、と道に目をやる。

誰も通っていない。

通れと念じてみる。

もちろん、増えたりはしない。

「それ、ずっと見つからないんじゃない？」

「困っちゃう」

いじけるような声と泣き真似をしても、深刻であるようには見えなかった。漠然としすぎていて、本人としても実感が湧かないのかもしれなかった。

そこまでなにも分からないなら、そのへんの女性、それこそ店に戻って店員さんにきみを探していたと言っても正解になってしまいそうだった。なんならわたしでもいい。

「…………………………」

シロネを見る。目が合うと、嬉しがるように相好を崩す。

頬や耳に熱い水滴が滴るように、顔を熱くする。

まさかわたしを探しているってことはないだろう。探される覚えがないからだ。

頭の中身まで夢でできたわたしの記憶なんて信用に欠けるけど。

ジュースを飲み終えて、席を立ったシロネが弾けるような笑顔でわたしを見る。

「あなたと町を回って楽しんで、ついでに人も探す。いいとこ取りね」

どうだと自慢するように腕を広げてくる。困るべき方が笑い、無関係の私が困る。

そのちぐはぐな状況と前向きさに、好感を抱く。

「いいじゃないの」

同意して、彼女の隣に並んだ。シロネが快活な笑みで私を歓迎する。

笑顔だと一層、顔つきが幼くなることに頬がほころんだ。

それから、シロネと一緒に色んな店を冷やかしに行った。

知っている場所もあれば、新たに発見する場所もあった。

途中見かけたパン屋でサンドイッチを買って、歩きながら食べた。

あんな道の曲がり角にパン屋はなかったなぁと思いつつ、美味しく頂いた。

シロネのイメージ通りに町は変遷(へんせん)する。……或いは、わたしもそうなのだろうか？

ひょっとするとここは彼女の夢なのかもしれない。

彼女が思い描いた、理想の世界。……なのかな？

願望混じりなのは間違いないだろう。

その夢の中で、じゃあ、わたしはなんなのか。

どんな想いに基づいて生まれたのか。

そんなことを思い、それならと歩いてきた町の通りを見やる。

シロネは、誰を探しにここへ来たのだろう？

町をひとしきり巡ってから、行き着いたのはシロネと出会った砂浜だった。

「適当に歩いていたのに、なんだかんだ来てしまった」

「うむ」

町から海はそこそこ距離があるのに、適当に歩いてよく辿り着けたものだ。今振り向いたら、道路を一つ挟んだところに町でもあるのかもしれない。まぁそんなことはどうでもいい。

大事なのは、日に濡れた砂浜が魚の腹のように銀色に眩しいことだった。

トロピカルの締めはやはり海らしい。

髪を押さえて海風に吹かれる。町を歩いて肌に積もったなにかが取り払われていく。

強い風に身でも切られるように煽られると、寒気を感じながらも爽快だった。

「海が好きだー」

宣言すると、「わたしもー」とシロネがにこやかに便乗した。

諸手を上げてムダに明るいまま、二人で浜に座り込む。シロネとは三度目の海になる。彼女の世界かもしれない場所で、仲良くするのがわたしと言うのは、なにを意味するのか。

『わたし』は、現実にも似たようなのがいるのだろうか？

「釣り竿持ってくればよかった」

シロネが残念そうに眉をひそめて笑う。

「今日は釣れる日？」

「多分ね」

シロネが自信を持って頷くので、わたしも海の様子を覗いてみるけど違いが分からない。

「適当言ってない？」

少し意地悪に疑うと、シロネがムッとしたように下唇を突き出す。

「どうして本当のことを言ってしまうの」

「あ、すみません」

おどけて謝ると、シロネも不機嫌な顔をすぐに引っ込めて笑顔を見せる。

「こんなに楽しかったの久しぶり」

シロネが澄み切った声でそんなことを言うので、釣られるようにこちらの気分も高揚する。

微笑ましいって、こういうものなんだろう。

だからつい。

「前はどんなことが楽しかったの？」

「え？」

シロネの顔が固まった。

「えっとー……なんだっけ」

シロネがやや困惑したような反応を見せる。最後はやや硬く笑ってごまかすようだった。

その言い淀む反応に、さぁっと、寒いものが注がれる。

聞くんじゃなかったな、と後悔した。

ここで、過去なんて聞いてどうするという話で。分かっていたのにやってしまう。

町があり、人がいて。成立しているようで、破綻はそこかしこに見え隠れする。

生きているもの、いないもの問わず。

会話が途切れて、空を見上げた。

空のメッキが剝がれて、今にも落ちてきそうな気分だった。

上を向いていると波の音が遠い。目の端から逃れたとき、海はそこにあるのだろうか。

「……ねぇ」

話すべきか、声をかけてから迷い出す。頭が重くなる。

「うん」

「ここが夢だって気づいてる？」

視界が白んだまま聞いてみた。

これでもしもシロネが夢から覚めるようなことになったら、この世界は崩れてしまうかもしれない。危険な質問だった。しかし、聞かずにはいられない。

私の中に宿る好奇心は、足踏みが嫌いなようだった。

シロネは最初、目を丸くしてわたしを見つめた。それから、苦いものを嚙んだように顔をしかめた。顔の皺が一気に増えて、ぎょっとした。

「うーん……」

シロネが戸惑うように目を細めて、天を仰ぐ。そしてすぐに俯いて、こめかみに指を当てた。

「あ、私の頭がおかしいって結論でもいいから」

真剣に考え込んでいるようなので補足しておく。

「むしろそっちであってほしいの」

願望を吐露して、砂に指を突っ込む。いくつか要領を得ない絵を描いて、波に消される。自分で描いておいて四足の動物が犬か馬か分からなかったので、早めに消えて助かった。

濡れた砂に手を添えて、波の音に包まれながら時間を過ごした。

極力、シロネの方を見ないままに待つ。

「まー、確かに」

長い時間をおいて、シロネが口を開く。目をそちらにやっと向けられる。

「学生じゃないのにセーラー服着ているのはおかしいなーと思っていたのよね」

好きなんだけどとスカーフを摘む。

「船乗りなのかもしれない」

「あれだめ、酔う」

無理無理とシロネが手を横に振った。それなら確かに、おかしな人だ。

「でも似合っているよ」

「ありがとう」

シロネの声は嬉しそうだった。しかし笑顔はない。

「夢か」

シロネが呟く。それから後ろへと倒れ込んだ。そしてなにを思ったか、ぐねぐねする。

全身を左右にくねらせて、砂の上を這いずる。なになに、と不気味ながら見守る。少しして動きが止まり、シロネが不愉快(ふゆかい)そうに眉間(みけん)に皺を寄せながら、わたしに報告してきた。

「じゃりじゃりする」

「そりゃするでしょ」

起き上がったとき、背中や髪が大変なことになっていそうだ。

「夢なのに？」

「夢関係ある？」

なにを確かめようとしたのやら。だけど、上手く言い表せないけどシロネの行動も少し分かる気がした。夢に砂の感触は不要なものであると思う。でも、案外しっかりしている。

もっとあからさまであるなら、変に悩まなくていいのに。

「聞いていい？」

「どうぞ」

寝転んだまま、日差しに目を細めてシロネが問う。

「夢と現実の違いってなに？」

「実感があるかないか」

よく考えていることだからすぐに答えることができた。

「なにかを積み重ねている感じがしない」

毎日は、グラスの中の液体をかき混ぜ続けているようだった。

無味無臭の透明なそれをぐるぐる、ぐるぐる混ぜて。

それが終わらない。終わって液体がなくなってしまうのも、怖いけれど。

「積み重ね……重ねかぁ。じゃあ積み重なるものがあったら現実と変わらないのかな？」

シロネの疑問はわたしを試すようにも聞こえる。どう答えるか迷って、結論が出ないということを答えとした。

「どうだろう」

「明日会おうって約束して、今日出会う。これは小さいけど、一日の積み重ねと思わない？」

シロネの目が、自分とわたしの出会いを語る。

「夢で得るものは、本や映画から受ける感動となにか違うの？」

「…………………………」

「取りあえず、こんなことを考えてみた」

シロネが一旦落ち着くように、そこで区切る。随分と、耳触りのいい疑問ばかりだった。

わたしが共感を持つような、そんな思想が並んで。

またちょっとだけ、この世界を嘘くさく感じた。

「頭の回転が速いのね」

それこそ、最初から答えが用意されているように。

「普通じゃないかな。これくらいはみんな考えるよ」

「……それは、どうかな」

振り返る。いつも歩く道があった。そのずっと向こうにあるはずの町を想像する。

町に生きる人たちは、そんなことを一度として考えていないと思うのだ。

シロネが起き上がる。揺れる髪の間から砂がこぼれ落ちて軌跡を描いた。

「ねぇ、明日は遠出してみない？」

「遠く？」

違う違うとばかりにシロネが首を横に振った。

「うんと遠く」

両腕をめいっぱい横に広げる。伸びた袖とスカーフが海風に煽られる。

腕が細いからか、干した服が揺れているようだった。

「わたし町の外に行ったことがないの、多分」

いつもより自信がないのか、最後に弱気を付け足した。

「わたしもないわ」

町に外があるかも疑っているぐらいだし。

「だから一緒に夢の果てを探しに行きましょう」

それを一体どういう意味でシロネが口にしたのか、すぐには分からなかった。

考える前にシロネが手を差し出してくる。なんの意味か最初図りかねて、反応が遅れる。

シロネは笑顔を維持して辛抱強く、わたしを待っていた。

遅れて握手（あくしゅ）の意だと察する。握手、知識はあっても経験したことのない繋がり。

約束が形をなしたもの。

緊張しながら、シロネの手を取る。

シロネの手はその可憐（かれん）な外見と裏腹に砂まみれで、じゃりじゃりしていた。


与えられた役割というものを考える。

自分の本当の親は夢や人の想いと言った、雲のように不確かなものだ。

わたしはここで、なにを望まれて生きている？

シロネは現実でもわたしと仲良くやっているのだろうか。

それとも、上手くいかなかったから、ここに『都合のいいわたし』がいるのか。

彼女に自然、心惹（ひ）かれるようなわたしだ。


昨日と同じように待ち合わせたシロネは、宣言通りにわたしより先に待っていた。

青空の下、雲に負けない程度に白い手を振ってくる。今日は大きめのリュックサックを背負っていた。わたしが手を振り返すと、小走りでこちらへやってくる。

わたしは大して荷物を用意してこなかったので、気合いの差を感じた。

「十分待ったよ」

なぜか嬉しそうに報告してくる。時計を見る習慣のないわたしには、十分の長さが分かりづらい。数えなければ時間は枠に囚われず、決して掴むことはできないのだった。

「ごめんね」

「いいのよ」

シロネの笑みは屈託ない。公正であることの嬉しさ、というやつなのだろうか。もしもここがシロネの生んだ世界だというなら、彼女はわたしたちにとって母親、いや神様のようなものになる。神様の同伴をするなんて少々大それたことだった。

「駅に行こう」

シロネが前方を指差しながら力強く言う。その先には枯れた畑しかない。

「駅なんてあった?」

ない。

「なかったらずっと歩いていこう」

シロネは怯まない。ずんずんと前進していく。わたしはそれに付き合いながら、多分、その内見えてくるのだろうなという予感を持った。駅ということは、電車だ。電車に乗るのか。

　知識としては知っているしテレビで観たこともあるけれど、実際に乗ったことはない。その形や駅の雰囲気を想像してみるけれど、途中で塗り潰されたように真っ暗になってしまった。

「そういえば、人捜しはいいの？」

　人を捜して町に来たというなら、離れてしまっては見つからない。もっともシロネの人捜しは、あの程度の情報で上手くいくはずもないのだけれど。

「そっちは後回し。今はあなたといたいの」

　シロネが恥ずかしいことを言う。わたしが目を逸らすと、シロネは目的を達したようににんまりとした。顔を背けて見えていないはずなのに、そんなことが分かるのだった。

　シロネの示す道を真っ直ぐ進んでいく。畑を抜けたら、すぐに堤防沿いの道に出た。そこを歩いていくと、次はいつの間にか樹幹に囲われた林の中になっていた。土の匂いを感じながら木々の隙間の光を目指していくと、大きな吊り橋の上だった。

　写真を重ねていくように景色の移り変わりが激しい。

　橋の上では途中、凄い勢いで走っていく女の子とすれ違った。鬼気迫るといった様子で、前のめりだ。昨日、学校のグラウンドで見かけた女の子だった気がする。確かめようと振り向いたけれど、その頃にはもう背中が遠くなっていて判別はつかなかった。高い位置で纏めた髪が激しく左右に揺れる、そんな残像だけが目に残った。

「ねぇ、今の子」

シロネを窺う。前を向きっぱなしだったシロネが、不思議そうにわたしに振り向く。

「どうかした？」

引っかかるものがなにもなかったような、無垢な反応。

シロネには今の子が見えていないらしい。

「あっと……あ、今日は釣れる日かな」

橋の下を流れる川の具合を尋ねてみた。

「今日はダメね」

一瞥したシロネが即座に判断する。次に聞いたら見ないで答えてきそうだった。

しかしシロネの通りに動いている気がしてならない世界に、彼女の認知しない不確かなものがある。不思議なこともあるものだった。

夢の中でも好き放題はできない。

自由なんてどこにあるのだろう。

それから、橋を越えてまた別の道を歩いた。町を随分離れてしまって、不安がないといえば嘘になる。ここから一人で引き返しても戻れる自信はない。ただ歩数も時間も縁遠いわたしたちには、いくら歩いても疲れはなかった。全部が全部、夢の出来事だった。

やがてシロネの言ったとおり、駅が見えてくる。予想はついていたので驚きはない。ただ、ここから更に遠くへ行くということに、不安は募る。

「あったわ」

「うん」

流れ込んでいく車が途切れるのを待って、車道を横断する。そのまま小走りで入り口を目指した。町の外にも車が走っていて、ひっそり驚く。この車はどこから来て、誰が乗り、どこへ行くのか。目を凝らしても、運転席はぼやけて人影の判別がつかない。

途中にある交番を覗くと、昨日ジュースを売っていた店員が座っていた。

駅に近づくにつれて、建物からの影が伸びて広がる。影の下を歩くと、途端に冬でも訪れたように冷気が肌を硬くする。今の季節はいつなのだろうと混乱する。

昼間の駅は人がまばらで、顔も町で見かけたものが多い。場所は変わらず、建物だけ置き換わったのかもしれなかった。

駅の中は私の知る建物の中でも破格に広い。と言っても、知識で知るような都会の駅に比べれば川と水溜まりぐらいの差があるのだろう。入って目の前にはパン屋があり、届く匂いが香ばしい。

シロネに案内されて、二階へと上がる。エスカレーターの着いた先ですぐに券の売り場を見つけた。土産物売り場の前を通過して、切符を買うために機械を操作する。初めてなのでちょっと手間取った。

金額も、目的地もはっきりとしないまま、出てきた切符を受け取って改札を抜けた。掲示板に時間や行き先が表示されているけれど、ぼんやりとして読み取れない。肝心なところはいつもこうだ。読み取るのを諦めて階段を上がり、ホームに出た。

上がると途端、風がざわついた。ごぅごぅと、音で風の流れが伝わる。

電車を待っている客は少なく閑散としていた。そのお陰か、吹き込む風に淀みがない。

外と違い、影の下に立っていても寒気は感じないのだった。

待合の椅子に、がらがらの喫煙所。話に聞く売店は構内で見かけたけど、上にはないようだった。嫌がらせのようにホームの南端にゴミ箱が置いてある。へぇ、へぇ、と一通り眺めた。

「駅ってそんなに珍しい？」

シロネが落ち着きのないわたしを指摘してくる。田舎者扱いされた気がしてやや恥じつつも、「まぁ」と素直に認めた。気取っても仕方ない。それよりも、淡泊なシロネを指摘し返す。

「あなたはここを知っているみたいね」

構内のことも分かっていた様子だったし。

言われてからようやく、そういえばとシロネがきょろきょろと左右を見た。

「そういえば、そうね。わたしは来たことあるみたい」

「ふぅん」

やっぱり、そういうものなのかな。

電車が来るのを待つ間、ふと振り向く。待合席の後ろに置かれた大きな看板を見て、わたしは初めて自分の住む町の名前を知るのだった。現実にも存在する名前なのかな。

夢見る誰かも、ここに住んでいるのだろうかと思いを馳せる。

目を瞑ると頭と、骨と、皮と。薄い隔たりの向こうに、人の吐息を感じた。

「来たわよ」

シロネの声に振り向く。そして、もう一回振り向いた。

「こっちにも電車が来てるけど」

向かい側の線路にも電車が待機していた。どちらがどちらへ進むのか分からない。シロネも二つの電車を交互に見比べて、「せっかくだし、こっちにしよう」と今入ってきた方を選んだ。

せっかくの意味は分からないけど、シロネの選択に従うことにする。

止まっている電車とホームの間には、小さな隙間があった。わたしの足も通る隙間はない。それでも、穴の上を渡るということに若干の勇気が必要だった。

乗り込んで、奥の席に二人で腰かける。他の客も後から入ってきて、まばらながらも別の席を埋めた。まだ発車しないみたいで、扉は開けっ放しとなっている。今ならまだ出ていくことはできた。でもわたしは窓側の席に座り、隣をシロネが埋めている。意識していないと思うけれど、閉じ込められる形となった。

開いた扉から入り込む風が、閉塞感を和らげる。

シロネは背負っていたリュックを下ろして抱きしめるように持っている。かわいい仕草だった。揃えた足をつい眺めて、目が下りる。既に靴を脱いで、裸足の指を開閉していた。

「裸足好きね」

「落ち着くよ？」

び、と親指が立ってわたしを指した。勧められているようだけど、見なかったことにした。

それはさておき、この電車はちゃんと前に進むのだろうか。ジェットコースターみたいに唐突に跳ね上がるかもしれないと身構えていると、扉が閉じる。

いよいよ、走り出すらしい。

もしかすると、もうこの町に戻っては来られないかもしれない。

いやそもそも、ここはわたしの住んでいる町なのかという話でもある。

夢に後ろと前、つまり奥行きはあるのだろうか。

深く考えると頭がぐるぐる回って溶けて、景色の中に消えていきそうだった。

留め具が外れたように、大きく一度揺れて。電車が、動く。

船の錨が上がるような感覚に似ていた。

「わ、わ、わ」

座席ごと、身体が前に進む。

身体を動かさなくても移動するというのは、新鮮な感覚だった。それにけっこう揺れるんだなと車内を見回す。がたがたと揺れているのに真っ直ぐ走れるのも、なんだか奇妙な感じだ。

これが自転車だったら、こんなに不安定では直線に走ることはできないだろう。変なの、とお尻が浮くようで慣れない。これは現実的なのか、夢だから都合良く進むのか……電車の知識に疎いので分からないのだった。そうして頭をふらふらさせていると笑い声が聞こえて、目を下ろす。シロネが愉快そうにわたしを観賞していた。

「電車気に入ったの？」

「逆よ、落ち着かない」

がたん、と大きく右に傾いて思わず血の気が引く。窓の外を覗くと、何事もないように景色が動いていた。傾いてもいない。そして気づいたけど電車ってシートベルトもないのか。強い衝撃があったら前の席で簡単に頭でも打ちそうだった。

不安に沈む。そんなわたしを見透かすように、暖かいものが手を浚った。

シロネだ。握った手を掲げて、見せびらかすようにしながら微笑む。

「落ち着く？」

「……んー、びみょー」

今度は手のひらがじゃりじゃりしていない。ふわふわとした触り心地に頬が痒くなる。誰かに触れるという経験が少ないためか、こんなことにも簡単に心がぐらつく。

シロネと出会い、接触する度にわたしという存在は変質する。

太陽から放たれる光を浴びるように、シロネからなにかを発して、それを受け止めているのだろうか。そして、その得体のしれないものはわたしを作り替えていく。

誰かを好きになるとき、人は情報が更新される。

その人を好きな自分になり、その人に好かれたい自分になる。

人間は簡単に生まれ変わり、それはある意味でとても素晴らしいきっかけなのかもしれないけれど。

願望が空気のように漂う夢の世界では、どうなのだろう。

電車が市街を離れると、窓からの景色は海に染まる。角度が異なるためか、海の色も、光の具合もまた趣を変えていた。具体的には非常に眩しい。目を開けていられないほどに海面が光り輝いていた。手でひさしを作りながら、海を見下ろす。

海の上にかかったレールを電車が駆け抜けている。

いつかわたしの描いた下手くそな絵みたいに、濃い青で埋め尽くされていた。

「わっ」

シロネが短い感動を漏らす。わたしに肩をひっつけるようにしてやや大げさなほど身を乗り出しながら、海景色を楽しむ。

握られた手に、シロネの力がこもるのを感じた。

「なんで海や空が好きなのか分かったわ」

「ふむ？」

「青が好きなのよ、わたし」

窓越しに薄く映るシロネが笑っているように見えた。そのシロネも、青色に浸る。

いい趣味だ。

「わたしも好きね、青色」

同意を示す。しかしシロネとわたしの青色に対する思いは、似て非なるように感じられた。

「ああ、海が終わった」

別の市街に入り、海が見えなくなったことをシロネが嘆く。

「またその内見られるようになるよ」

「そうね」

シロネはすぐに機嫌を直した。お互い、手は握りっぱなしだ。

「車内販売が来たらアイス買わない？」

「いいけど、電車ってそういうの来るの？」

新幹線でよく見かける……らしいものだと思っていた。

「さぁー？」

言い出したのに知らなくて、それも良い笑顔だった。

電車が止まる。別の駅に着いたみたいだ。

「ここは？」

車内のアナウンスを聞きそびれて、駅名が分からない。開いた扉から何人かの乗客が降りていく。駅は先程よりも開けっ広げで、荒れ地のようなホームがあるだけだった。

待合のための椅子は何年も使われていないように汚れて変色していた。

シロネを見る。わたしたちはどうしようと相談してみた。

「下りる？」

「高い切符を買ったんだから、もう少し遠くまで行こう」

「え、そうなの？」

言われるままに買ったので、金額の価値が分からなかった。

そういうものなのか、とぼんやり駅の様子を眺めていて。

ぎょっとする。寒気が後頭部から、引き裂くように背中へ伝った。

降りた乗客が消えた。電車が走り出した途端、消え去ってしまった。

光に包まれてとか、煙のようにとか前置きもなく、ぱっと、一瞬で。

見間違いかと思って食い入るように見つめている間に、電車は駅を離れてしまった。

「あ、また海だ」

シロネの弾んだ声も、寒気を払うことはできない。

電車の行き先を覗こうと身を捩り、窓に顔を近づけただけで冷や汗が止まらない。

「……ねえ。次の駅で下りない？」

怯えを表に出さないよう努めながら、シロネに提案する。

シロネは暢気に顎を少し傾けるばかりだ。

「どうして？」

「どうしてって……はっきり言うと、なんとなく怖くなってきた」

なんとなくなんて言葉に、はっきりとしたものがあるかは分からないけど。

漠然とした不安が、雨雲のように広がり始めている。それはわたしを構成する薄い桃色のような広がりに混じり、根深く侵食してくる。

「大丈夫、わたしと一緒だから」

シロネの返事は根拠もなく、楽観的で。それでも、握ったままの手を掲げられると心を平坦にするぐらいの力があった。

「……そうね。あなたがいると落ち着く」

それこそ、思考が白紙になるくらい。右を向くと、先程シロネが言ったように海が見えていた。浅いのか、緑色が遠くまで滲んでいる。目の端に映すようにぼうっと眺めていたら自然、瞼が下りる。目を瞑ってしまえば、なにもかも真っ暗だ。消えないの騒ぎなんて遠い話になる。自分の指一つ動かさなくても世界からたくさんのものが消せるというなら、なるほど確かに、恐れることなんかないのかもしれない。

暗闇に電車の走る音と、シロネの指の熱が浮かび上がる。

走行音は頭を小突くように鳴り、人肌の温もりは遠くに微かな光を宿らせた。

「眠いの？」

「……分からない」

眠いってなんだろうと、ふと考える。気怠いことだろうか。

わたしは夜中、眠いから寝ているのではないのだと気づく。

一日が終わると思い、夜が自分を覆い、そして目を閉じる。

わたしの眠りは、多分、死に似ている。

電車が一度、大きく揺れた。身体が揺れて睫毛が目の下を撫でてくすぐったい。

「大丈夫？」

シロネに聞いてみる。

「大丈夫よ」

予想して、望んだ答えが返ってくる。それから、シロネが尋ねてきた。

「ね、行ってみたい場所はある？」

「んー……」

言えば連れて行ってくれるのだろうか。行きたいとこ、と呟くと舌の奥で引っかかるものがあった。どこかに行きたい、届きたいと、ずっと願っていたような気がする。でもそれは濡れた紙の端を指で摘むように不確かで、危うく、決して具体的な形となるものではなかった。

「あった気がするけど、思い出せない」

「そう」

声色は変わらず優しい。でも、その短い返事に、底に触れるような硬質さがあると感じたのは気のせいだろうか。声の出かかりと締めが少し硬い。

「着いたら起こしてあげる」

「寝てないってば」

どこに着いたら？　とは思ったけど聞かなかった。長く入り組んだ会話が、辛い。駅で消えた人たちみたいに、頭のてっぺんから少しずつ真っ白になっているんじゃないだろうか。つまり髪から消える。嫌だなそれは、と思っていると肩に寄せてくるものがあった。指と同じように熱が光を生む。シロネが肩を寄せてきたようだった。

その軽やかな重み、という矛盾した物言いの似つかわしい質量が鎖のように、わたしをここに繋ぎ止めていた。

電車は走り続ける。どこへ？　次の駅へ。次ってどこだろう？

わたしたちも他の人みたいに消えていくのか、それとも、辿り着けるどこかがあるのか。ふと指に力が入ると、応えるようにシロネの指が握り返してくる。それはとても心地いいやり取りだった。シロネもまた、それを強く望むように思える。

「………………………」

これがシロネの望んだ夢であるなら、わたしは彼女の好みそのものなのか。照れるような恥ずかしいような不気味なような。

わたしがシロネを好ましく感じるのも与えられたものなのか、それとも生まれたものなのか。一緒にいるのはなぜなのか。町を巡ったのは、電車に一緒に乗っているののは誰の意志なのか。答えなどなく、どれも自分で納得するほかないのだろうと思った。
なにも足さない毎日は、シロネによって積み重なるようになった。
わたしがそれに不満を覚えて、導かれるように出会って。
シロネがいてここまで来て、シロネがいるから、シロネが。
シロネが、わたしの全てになろうとしていた。
ざわりとして目を開く。暗闇は色づき、形を得る。
繋げた手が見えた後、電車の音が鮮明(せんめい)に耳の奥へと入り込んできた。
顔を上げる。
すぐ側で様子を窺うような、シロネを見据える。
「起きたの？」
「あなたは、わたしにとって非常に都合がいい」
会話を無視して分かったことを伝える。
わたしの求めた答えを持ち、求めた温かさがある。
わたしが願ったものであるように。
「だからこれは、わたしが夢見た場所でもあるのかもしれない」
シロネのような相手が欲しいと思う、そんなわたしを誰かが夢見た。

ややこしいことを願う人もいたものである。

夢の中で見た夢が、今、お互いの手を取り合っている。

「あなたがわたしを求めてくれたなら、とても嬉しいわ」

シロネはわたしの発言をすぐにでも察する。それこそ、頭の中身が繋がっているように。そして甘い本心を吐露するように、シロネの笑みは暖かい。

そういう優しく受け入れる雰囲気の一つ一つに、ほだされている自分がいた。

でも、と握りしめた手を掲げた。

「ねえ、この手を離したらわたしも消えるの？」

電車はさっきから駅に停まっていない。でも下りていないはずの乗客も消えて、車内に残るのはわたしたちだけだった。

「あなた、わたしをどこに連れて行くつもりなの？」

シロネの探していた人間とはやっぱり、わたしなのだろうか。

シロネは困ったように笑うばかりで、なにも答えない。

それを見て、溜息がこぼれる。

このまま二人でどこかへ、というのも悪い話ではない。

でも、シロネにとっては本意ではないのだろうけど、わたしの願いは別にあった。

「わたし、帰ろうと思うの」

シロネの手を離す。糸が切れるように、腕にかかる力がなくなる。途端に隙間風のように忍び込む不安を、奥歯を噛みしめて耐えた。受け入れて、飲みこむ。

シロネは名残惜しいように、開いた指を一度、二度と握った。

半笑いのような表情で、わたしを見つめる。

「どうして？」

「はっきりとは分からない。ただ、忘れ物をした気がする」

ここにいてはいけないと感じる。焦りさえ覚える。

それは先程の、行きたい場所への記憶に繋がっているのかもしれなかった。

出入り口の電光掲示板を見上げる。なにも書かれていない。

「次の駅で降りて、引き返す」

「次の駅なんてなかったら？」

シロネの声に、灰色が混じる。のっぺりとした町並みの雰囲気に似ていた。

「なかったら、こうする」

窓に手をかけて、押し上げた。電車の窓なんて開くんだ、と自分でやっておいて驚く。いやわたしが開けたいと願ったから、応じただけなのだろう。

世界を神様が作ったとしても、わたしは目の前の石を拾い上げることができる。

自分の意思でなにかを動かすことができる。

わたしたちは、世界をほんの少しずつ変えられる。

覗くと、下はまた海だった。色は浅さを示すような緑色ではなく、突き抜けた青。

これならいけると、身を乗り出す。

「ちょっとちょっとっ」

「大丈夫。泳ぐのも好きだから」

慌てて止めるシロネに平然を装う。内心、泳ぐのは得意だけど飛び降りるのは怖いと悲鳴を上げていた。開け放った窓から車内に入り込む風は冷たく、鋭く、心に吹き荒ぶ。押し留めるようなそれに、踏みしめて抗う。

止めてもムダと察したのか、シロネは別の意見を持ち出す。

「わたしも」

一緒に行く、とシロネが腰を浮かす。でもそこへ重なるように、アナウンスが聞こえた。

その車内放送に応じて、シロネが中腰のまま天井を見上げる。

「呼ばれてる」

わたしにはないけれど、シロネには覚えのある声のようだった。

「あなたはこのまま電車に乗って帰った方がいいと思う」

誰かに呼ばれているなら、尚更だ。

シロネが、引きつるような目でわたしを見る。半開きの口が短い言葉を呟くけれど、電車の走行音と風に邪魔されて聞き取ることはできなかった。

「……そうね」

脱力するように座り直したシロネの横顔に寂寞が宿る。目と眉を伏せて、影が生じた。

目を強く瞑って、沈痛を堪えるようになる。それから、左目を塞ぐように手のひらで顔を覆った。口の端が笑っているのが見える。自嘲するようだった。なにかを耐えきるようにして、顔を上げる。

「これだけは言っておきたかったってことがあるの」

シロネの口調が、やや硬いものとなる。別人の装いを面影に見る。

受け取るのもまた、わたしを介した別の人間であるように錯覚した。

「あなたの長い髪がとても綺麗だと思う。心から、そう思っている」

伝えられたその言葉に、一瞬、知らない景色を見る。

離れているのに、背中に人の温もりを感じるようだった。

「ありがとう」

こちらも心から、礼を返した。すると忘れていたものを届けられたように、胸のつかえが取れる。心残りが消えるような感覚に戸惑い、しかし同時に満たされて下唇が波打つ。

自分の中にないものに翻弄されながら、妙に清々しい気分が残るのだった。

その気持ちがかき消える前に、行こうと決める。

「行くわ。海が途切れる前に行かないと」

窓を覗く。随分と距離のある海面を前にして唾を飲みこむ。

勇気だ、と窓枠に足をかけたところで、最後に振り向く。

シロネは、笑っていた。でも今にも涙をこぼしそうに、目もとが歪んでいた。

シロネが言う。

「あんた、いつもそうよね」

その意味を聞く前に、身体は半分以上外に投げ出されて止まれなかった。

一面の、アオ。

青色めがけて、海が消える前に窓から身を離す。ひょぉぉぉ、と風を切る音と悲鳴が重なり、一緒に落下した。衝撃と、水を跳ね飛ばす音で耳が塞がる。ずぶずぶ、と泥の中を沈むようだった。

耳元の音が泡噴くように離れない。その中で姿勢を切り替えて、海面を睨む。泡の上がっていく方を目印として、手足を動かす。水の塊を掻き分けて、光を摑もうと腕を伸ばした。

息が切れる前に、海面へと飛び出す。

海に包まれて、抜け出して、その先も当たり前のように一面、海だった。

海がある。雲が伸びる。わたしの腕が、掻く。

理路整然と前へ進む電車から切り離されても、わたしは消えない。

わたしの飛び出した世界は、ずっと遠くまで確かに続いていた。

滴る海水を振り払うように、頭を何度も振り回した。鉄橋の柱を見かけて振り返るも、既に電車は橋の上から走り去っていた。ぐるぐると回るだけで身体が重い。服を着ているせいだろう。

「…………………………」

シロネは現実へ帰るのだろうか？

わたしたちの出会いにはどんな意味があったのだろう？

夢と現実が交錯するこの場所に、なにが残るのだろうか。

どうかわずかでも、お互いの心を豊かなものにできたのだと願ってやまない。

それが、出会うっていうことだと思うから。

大きく深呼吸して息を整えて、強い日に前髪を焼かれて。

「さて」

ぷかぷかしながら、現状を把握する。

夢だからといっても特別都合良く解決はしないらしい。

地力で岸まで帰れというのか。

だからいいのだな、とすくった水が指の隙間からこぼれていくのを見届ける。

ふ、とお腹の底からの笑い声が漏れた。

「泳いだぼぁ！」

海水をがぼがぼ飲みながら宣言して、腕を動かす。ざっぱざっぱと水面を切り、がむしゃらに泳いだ。橋に沿って引き返せば、その内どこかに着くだろう。大事なのはイメージだ。

わたしは、帰ることができる。帰る場所がある。

そこに辿り着くのは、今のわたしだ。得たものを丸ごと抱えて、欠けることも、新たに生まれることもないわたしだ。ここにいるわたしが動き、わたしがそこにいる。

夢の中を、地続きに、生きている。

強く信じて、泳ぎ続けた。


浜に辿り着いた頃には、腕が上がらなくなっていた。流木をぶら下げている気分だ。腰から上が海面から離れると、下半身も汚泥（おでい）にくるまったように重い。死ぬ、と海水を吐く。

額や眉に張りついた前髪を払うことすら億劫（おっくう）だった。

こんな疲労は望んでいない。とすればこの容赦ない重荷はある意味、現実ってやつなのかもしれなかった。現実は望まぬものも押しつけてくる。

夢を否定したのだ、わたしは。

どうせ誰も見ていないだろうとその格好のまま、ざぶざぶと砂浜へ上がる。

上がったところで、砂から足が生えていた。

お？　と顔を上げる。

女の子が目を丸くしてわたしを出迎えていた。

びっくりする余力もないので、いるなぁと眺めるに留まる。

「船幽霊？」

「……柄杓なんかいらないわよ」

スカートの端を纏めて絞る。それからようやく、前髪を掻き上げて一息ついた。

活発そうな印象を抱く女の子が、やや腰を引きながらもわたしを観察している。誰かと思ったら、あの勢いよく走っている子だった。今も走っている途中だったのか、砂浜にたくさんの深い足跡があった。その足は今、わたしに注目して動きを止めている。改めて正面から確かめると少し、シロネに似ていた。

髪型と姿勢で大きく印象を変えていて……真似したら、そっくりなんじゃないだろうか。

その子と見つめ合い、なんとなく腑に落ちるものがある。

忘れ物を見つけたような気分だった。

「お邪魔だった？」

「いやぁ」

女の子がへらへらと笑う。それから、海を指差す。

「この海って泳げるほど暖かかった？」

「あー……どうだろ」

温度を感じている余裕もなかった。感じようと思えば、肌に伝うそれですぐに分かる。

でも敢えて、なにもせずにただそれを待った。

「海は出会いの場所だなぁ」

「え？」

「ふふふん」

今度の女の子は、わたしをどこに連れて行ってくれるだろう。

目を瞑りながら、迫るものに身を委ねた。

砂浜に立つわたしの足首を、白波が包む。

波の温度が季節と、ここにあるものを教えてくれた。

君を見つめて

ずっと伝えたいことがある。

それは好きということに似ているけれど、もっと自己中心的で、非道徳的で。

だから、口にすることができないでいる。


お茶の粉がお湯に溶ける匂いがする。私はそれに気づかないフリをして、カウンターの頬杖を崩さない。開いた文庫本の文字が、半分も目に入らなくなっていた。

棚には所狭し(ところせま)と、茶葉の筒(つつ)が並べられている。緑茶に紅茶、夏には麦茶も置く。

表の黄緑色の屋根には『茶』と書いてあるだけだ。お客さんが入ってくるところにほとんど出会さないけど商売替えしないで今に至るあたり、なんとかなっているのかもしれない。

その狭い店内はなるほど確かにお茶の匂いでいっぱいなのだった。

冬枯れ(ふゆが)の季節、締めきっているはずの店にどこからか隙間風が入り込む。町中に建つお茶屋は古くからの伝統を守りつつ軋(きし)んでいた。向かい側の病院は周りの建物から養分でも吸い取るように、独り大きくなっていく。そして吸われた方は当然、枯れるように色褪せていく。

でもその淡い雰囲気と独特の匂いが混じると、不思議に落ち着きを覚えるのだった。

休日は親類の店でバイトの真似事(まねごと)をしている。時給は本当にわずかだ。

なぜそんなことをしていると誰かに聞かれたら、暇だからと言い訳する。

少しでも貯金しておこうと言い訳する。

でも本格的に働くのは辛いからと言い訳する。

目的は別にあった。

その気配を感じて、顔を上げる。

艶(あで)やかな栗色(くりいろ)の髪の先端が、真っ先に目に入った。

「お茶飲む？」

「あ、はい」

頬杖から顎を離して返事する。おいでというように小さく手招きしてから奥に消えた。慌てて立ち上がろうとして膝を打った。下唇を噛んで痛みに耐えてから、奥に向かう。

今顔を見せたのは、私の叔母だ。父の妹に当たる。歳は四十近い。

少なくとも私は美人であると思っている。

諸処の仕草や物腰からは、憧憬を覚える程度の知性も感じさせた。

物の雑多に置かれた狭い廊下を抜けて奥の部屋に入る。ガラス戸を開けると、ヒーターの熱風が出迎えた。すぐに戸を閉じる。中ではこたつに座る叔母が、湯飲みから上がる湯気に息を吹きかけていた。

薄い唇は乾燥して少しひび割れている。俯き、目もとに浮かぶ影が微かな気疲れを描く。湯気のように白い肌は部屋の温度に応じて紅潮し、色合いの地味なニットを首もとまで厚く着込んでいる。寒がりの傾向があると最近知った。

そして、その瞳。

「…………」

肌や髪の艶は二十代後半ぐらいが適切ではないかと思ってしまう。光の加減のせいではなく、暗がりで見ても叔母は実年齢を感じさせない。それでいて年齢相応の落ち着きも備えて、歳の近い母と比較しても随分違うものだった。

この叔母のことが、昔から気になって仕方ない。

そこには多分たくさんの理由がある。

　家には叔母と私しかいない。店もほっぽっている形になるけど、経営者であるはずの叔母が気に留める様子はなかった。こたつ机を挟んで、向かい合うようにして座る。部屋の隅には叔母がベッド代わりに使っている古めのソファがあり、片づけていない毛布が広がっている。更にその上には、表紙の折れた旅行雑誌や地域情報誌が散らばっていた。

「はいどうぞ」

　叔母が湯飲みを差し出してくる。飛騨牛と書いてあるごつごつした手触りの湯飲みだ。

「ありがとう」

　受け取って、軽く口をつける。強い熱が舌と唇に迫った。

　その後からやってくる味わいに、少し驚く。

「紅茶だ」

　和風の陶器の湯飲みだったので緑茶のイメージが先行していた。

「紅茶が……」

　叔母がなにか言おうとする。けれど、途中で動きが止まった。

　目は開いて、半笑いを浮かべるように見えた。

「あの？」

「まあいいか」

叔母が目を逸らす。その仕草を見て、ハッとなる。

叔母の左目は動き、しかし右目はそれに付き合わない。

取り残されたように、関係のない方向を向いていた。

目立たなくても、顔の動きが伴わないとそうして違和感が表に出る。

目を伏せたくなるような。

もっと強く見つめていたいような。

痛みがあり、けれどそれに近づこうとしてしまう矛盾した欲求。

たとえば赤ん坊が意図せず人を殺したらどうなるのだろう？

法律とかの問題ではなく、赤ん坊が成長して人格が固まり、まったく身に覚えのない過去を知らされてどう向き合うべきなのか。なにかを償わなければいけないのだろうか？

こんなことを考えている私は、別に人殺しではない。

だからそこまで大それた話ではない。

でもそれに少し近いものを、私は背負っている。

私はこの叔母の右目を奪った。

らしい。

私が一歳と二ヶ月かそこらのときの話だ。だから当たり前だけどなにも覚えていない。私と遊んでくれていた叔母の目に玩具の少しだけ尖った部分が突き刺さり、右目の機能を失ったとずっと後で聞いた。その際の手術で黒目が小さくなったので、叔母は義眼を入れている。

正面から見ていてもどちらの目が義眼なのかと思うくらい、普段の見分けはつかない。叔母も生活には大して支障がないようだった。三日に一度は外して洗わないといけないのが面倒くさいと以前に言っていたけど、それ以上の文句を直接ぶつけられたことはない。

非難されても困る。でも、叔母は私を責めていいはずの立場だった。

叔母は、私のことをどう思っているのだろう。

「これ前に飲んだけど、銘柄覚えてる？」

「え？　えっと……分かんないです」

「だよね」

叔母も正解は期待していなかったらしく、軽く流された。そして、音が沈む。

ヒーターの稼働(かどう)する音が部屋を静かに満たす。時折、窓が風に揺れた。

暖かい部屋にあるからか、紅茶はなかなか冷めない。ゆっくりと舌を濡らすように飲む。

そうしながら時々、叔母に目をやる。叔母は湯飲みを覗くようにして、ぼうっとしていた。

叔母と私は、あまり喋らない。いや会話はあるけど弾まない。

少し話すと叔母は口もとを穏やかに閉じてしまうのだ。

そうすると私も自然、黙って叔母を見つめるほかない。

以前の叔母はもう少し口数も多かったらしい。しかし例の怪我以来、一層穏やかになってしまったそうだ。それまではなんというか、くだらない冗談を言っては独りだけ楽しむというか……父に言わせると、人前では穏和な性格だったけれど、一人きりになると布団が吹っ飛んだぐらいのレベルのダジャレを思いついたらその場で口にしては笑っているような性格だったらしい。想像もつかない。

あと、独りだと笑い方が『げっひゃっひゃっひゃ』みたいな感じだったとも聞く。

そこは変わってよかったんじゃないかと思う。

いや実はまだ直っていないかもしれないけど。

どちらにしてもそれを口にする資格は、恐らく私にない。

「みかん好き？」

いきなり目が合って、いきなり尋ねられて驚く。

「好きですけど」

答えながら机の上に目をやる。みかんの影も形もない。

「そう。……でもここにはないわ」

「はぁ」

「みかんが……まあいいや」

またなにか言おうとして、穏やかに目を伏せた。口の端がわずかに笑っているように見える。

「……………………」

まさかみかんがみっつかんない、みっかんないとか……そんなはずはないだろうと思った。

思った。

そんなこんながあって、紅茶を飲んだら「今日はもう帰っていいよ」と言われた。

「え、用事ですか？」

「ううん、別に。暗くなる前に帰らせないと兄がうるさいの」

「ああ……そうですね」

窓に目を向ける。冬の寒さに似つかわしいような曇天(どんてん)の鼠色(ねずみいろ)が景色を占めていた。日が沈むのは追い立てられるように早くなる。今年も一月残っていない。

冬は叔母といられる時間が減るのだなと知る。

働き始めたのは夏休みを過ぎてからだった。

荷物を持って外に出ると、叔母が見送りに来た。中との温度差のせいか、外の風に吹かれて軽く身震いする。その動きに合わせて揺れる髪を、目が自然に追っていた。

「今日も助かったよ」

「座っていただけですけどね」

「それぐらいでいい。忙しいと申し訳ないもの」

給料安いし、と叔母が小さく笑う。確かに、とても他の人を雇(やと)える金額ではない。

叔母は、私がここに来ることをどう感じているのだろう。

面と向かって聞いたことはまだない。

「じゃあね。また来週」

「はい」

頷いて、自転車を動かそうとする。と、そこで右側をすり抜けていく別の自転車に、叔母が大げさに仰け反った。ともすればそのまま転んでしまいそうになるくらいで、すり抜けた方がぶつけたのかと思ってか振り向くぐらいだった。まったく気づいていなかったらしい。理由は明白だった、叔母の右側を走っていたからだ。

「びっくりした」

「……そう、ですね」

姿勢を戻した叔母が左目を細める。それからすぐに前髪を上げていつも通りの顔に戻る。

もう一度似たような挨拶して、今度こそ自転車のペダルをこぎ始めた。でも叔母と飲んだ紅茶を思い出すと、喉と鼻の奥まで冷気に擦られるように乾いた。でも叔母と飲んだ紅茶を思い出すと、奥歯のあたりから少し暖かい唾が滲むようだった。

帰路を走りながら、考える。

私が叔母に対して感じるものはなんだろうと、常々考えている。

記憶の片隅(かたすみ)にも残らない過失への負い目？

それとも、なんというか。もっと、前向きというか。

……好意だろうか。

複雑で幅広で、視界に収まりきらないからなんとも言いきることができない。そのように正体は不明ながら重く大きなものが心を占めて、叔母の存在を常に意識させるのだった。

家に帰って夜も更けて、風呂上がり。

髪を乾かす途中、鏡の前で、右目を手で覆う。

正面の私は問題なく見える。左の瞳だけがきろきろと所在なく動いている。

じっとしていれば不便はない。でも、目を失うというのは見る側だけの問題ではなく、『見られる』方にも色々あるんじゃないかと思う。詳しくないけれど、それでも想像は広がる。

十四年前、私は叔母の人生に干渉した。

覚えていないけれど、大きなことだ。

私はそれを、償わなければいけないのだろうか？

叔母は未婚だ。結婚歴もないというし、良い関係の人がここを訪ねてくる様子もない。私以外の人間の足跡はこのお茶屋になかった。客もいないのでさっぱりしている。よくない。

　叔母のそうした生き方はもしかすると、右目を失ったことが関係しているのかもしれない。話し合ったこともないけれど、そう思ってしまう。

　私は、叔母の人生に食い込んだ棘（とげ）のようなものかもしれなかった。

　週末は叔母の店に通うようにしている。家からは少し遠いけど、そうせざるを得ない。

「試験近いんじゃないの？」

　叔母に心配された。淡々としているので、聞いてみただけというのも否めない。

「ここで勉強しますから」

　カウンターの上で鞄をひっくり返して、筆記用具と参考書を置く。

「ならいいね」

　いいのだろうか。実際、家にいるよりここの方が余分なものもなくて集中できそうだった。

　私が店番をしている間、叔母は奥に引っ込んでいる。なにをしているのだろうと奥に覗きに行くと大抵（たいてい）、ソファの上に転がって雑誌を読んでいる。臙脂色（えんじいろ）のソファは叔母のお気に入りだ。

そしてそのまま昼寝に移る。叔母の寝息（ねいき）は落ち着きを通り越してか細い。本当に眠っているのか判別がつきづらく、お陰で悪戯の一つも……それはいいとして。

暢気だなと思う。平日は毎日、休日も時々働きに向かううちの父親とは大違いだ。

人生って色々な生き方があるらしい。

そういうのも勉強の一つだろうと思った。ついでに好き放題にノートを広げてお勉強する。

でもこの日は珍しく、お客さんが来た。

着物を着た……多分小学生と思う、小さな女の子が店を訪ねてきた。着慣れているらしく、青い派手な柄（がら）の着物を苦にしない歩き方だった。自転車の鍵を回してちゃりちゃり鳴らしている。お客さんの前でこれはまずいだろうと、勉強道具を纏めて引っさげる。

「ちーっす。あれ、子供いたっけ？」

女の子が軽快に挨拶してから、私を見て首を傾げる。子供……私が？　叔母のか。

年齢差を考えるとあながち、あり得ないことでもなかった。

「違うよ、兄の子」

叔母が出てくる。サンダルを履いて、「注文したやつ？」と女の子に確認を取った。

「仕事押しつけられた。暇そうだから取ってこいってさ」

酷いよと女の子が大人ぶるように肩をすくめた。叔母は「大変だねぇ」と適当に相づちを打ちながら、店の奥より段ボールを持ってくる。女の子が持つには少し大きいサイズだった。

「お父さんにもよろしくね。えぇと、お父さんどっちだっけ。又三郎か郷四郎か」

「あたしは郷四郎」

「そうそうシロー」

叔母からそれを受け取った女の子は店の前に止めていた自転車の籠に突っ込んだ後、すいすいと走っていった。代金は先払いだったのか、やり取りはない。私とカウンターの出番はなかった。

自転車に乗るのか、あの格好で。服を車輪に巻き込みそうなものだけど、器用だな。

「家の都合であゝいう服着ているらしいよ」

叔母が教えてくれる。

「へぇ。あんな格好させられて家のおつかいなんて、小学生なのに大変ですね」

「いやあれ高校生よ」

「えっ」

「しかも高三」

「年上っ」

「まあ家のおつかいなのは確かだけど」

「エライなっ」

冷静さを失ってよく分からない反応になってしまった。

筆記用具をカウンターの上に戻してから、頬骨(ほおぼね)を触る。

「子供か……」

「似てないと思うけどね」

娘には無理がある、と叔母が軽く笑う。確かに、私と叔母は大きく違う。

視線の間に下りた髪の具合を見比べても、随分と質が違うものだった。

私の髪は少し紫がかっているように見える。母の髪質をそのまま受け継いでいる。

でもなぁ、と素直に認められないものがあった。

「そうかな」

耳にかかった髪を弄(いじ)りながら呟くと、叔母が意外そうに左目を丸くした。

「似ている方がいいの？」

どうだろう、と自分の発言を遅れて考える。叔母と似ていて……似ていれば、少し叔母に近づけるような、そんな気はする。そういう意味なのか問題なのか、自分でもよく分からないけど。ただそれをそのまま伝えることは、とても恥ずかしいことだとは分かっていた。

だから、適当な理由を代わりに表立たせる。

「いやえぇっと……叔母さん、美人だし」

こんなこと言っていいのだろうかと、大いに焦った。手のひらと背中がむず痒い。

それでも表面上は平静に努めようと意識して、叔母から目を逸らさない。

「わたしが？」

叔母の左目は義眼のように動じず、私を穏やかに見下ろす。

「そう見える？」

「……まぁ、私には」

最後は言葉が擦り潰れるようにか細くなってしまった。背中がぞわぞわする。

「ふぅん」

叔母の反応は一々短くて、判断に困る。

「言われて悪い気はしないけど」

無表情なので、いい気もしていないように見える。こちらの焦りなんて気にもかけないように淡々として図りかねる。と、その叔母の動きが止まる。突っ立ったままぼうっと、真っ直ぐ遠くを見つめている。

視線の先を追ってみてもありふれた商品棚しかない。はてはてと首を傾げる。

「あの？」

「美人か、そうか……」

ぶつぶつ独り言を残して、叔母が奥に消えていった。去り際、ひくっと肩が上がったように見えた。

大して目に入ってこないので意味はないけど、少しの間参考書と睨めっこする。そして時計を確認してから、音を立てないようにして奥に向かう。洗面所の方に気配がしたので覗いてみると、叔母がにーっと鏡の前で頰を緩めていた。顎に指を添えてご満悦(まんえつ)って感じだった。

「……………………」

気づかれない内に、こそこそと表へ戻った。頰杖をつき、それから、目を瞑る。

美人である。

そしてかわいい人でもあるんだなあ、と気恥ずかしさに似たものが滾(たぎ)る。

マフラーもないのに、俯いた口もとが暖かい。

人との間で温められた空気というものは、心地良い。


「はい」

しばらく経って、叔母が勉強の休憩にとお茶を煎れてくれた。いたっていつも通りで、鏡の前ではしゃいでいた姿はまったく表に残っていない。凄い人だ、と密かに感心した。

「ありがとうございます」

湯飲みを受け取る。この前と同じやつだけど、中身は緑茶のようだった。

しかし仮にもお店なのに、こんな堂々とカウンターを占拠していていいのだろうか。ここで働き出してからレジを叩いた覚えがほとんどない。埃でもうっすら積もっていないだろうか。

「じゃ、勉強がんばってね」

廊下から身体を出していた叔母が引っ込もうとする。「あ」と、思わず声が出た。

「なにかあった？」

叔母が止まる。動きに合わせて下りた長い髪を邪魔そうに手で跳ねた。

叔母の髪は昔から長かった。髪の短い叔母は想像がつかない。

「あ、いや……」

目が泳ぐ。別段、用事があったわけではない。

ただいつもはお茶を飲むとき、奥で二人の時間がある。大して話すこともなく、楽しいかというと微妙なところだけど、そういう時間を求めて自分がここに来ているのは感じていた。

だから、つい、呼び止めてしまった。

でも最初に思ったとおり用事なんかない。さぁどうしよう。

「そうですねー……」

「なんで今考えてるの？」

叔母が軽く笑うように肩を揺らす。その動きと指先に目が向き、思ったことを口にする。

「肌が若い感じに見えるなって」

「さっきからどうしたの」

そう言いつつ、この叔母は今内心で小躍りでもしているのだろうか。

考えると、淡泊な叔母の反応さえ愉快というか、微笑ましく思える。

「そっちは心が幼いからだって親戚に言われたことあるよ」

引き返すのを止めて、叔母が廊下に座り込む。暖房の届かない廊下の冷気がこちらへとやってきて、温度差に肌が少し震えた。時折届く隙間風の出所はこちら側にあるのだと気づく。

古い家なので行き届かない場所が多い、とは叔母の談だ。

「つまりわたしは心身共に幼稚らしい」

「そんなこと、」

「合ってる」

叔母があっさりと認めてしまう。開いたままの私の口が、間抜けに思えた。

「人は案外、周りのことがよく見えているわけだ」

「……んー」

納得しかねる、という私の反応を見てか叔母が補足する。

「幼いっていうのは態度じゃないよ。そういうのはいくらでもごまかせる。子供だって大人ぶれる。見定めるべきは価値観なの」

「……幼い価値観？」

「じゃないかなと思っている」

「どんなのですか？」

「秘密」

はぐらかした叔母が脇の参考書を摘み上げる。適当に開いたページを覗いて、「懐かしい」と呟いた。

「地面の下を掘(ほ)り返(かえ)して見つけたような気分だ」

そんな大げさな、と笑いそうになる。たかだか、ええと、叔母にとっては二十数年前の話だ。私が生まれていないじゃないか。自分が生まれる前にも世界があったというのは、鍵穴(かぎあな)を覗き込んでその真っ暗な向こうになにかを見つけようとするように、想像に苦労する。

「どんな学生だったんですか？」

「勉強ばかりしていた」

「はあ」

嘘くさかった。

「あと旅に出てみたいとも考えていた」

「そーですか」

つまり、変わっていたということだろう。今と同じくらい。

呆れながら少し笑っていると、急にそれが来て冷や汗が背中に浮かぶ。

叔母がページの端を見るときだけ、右に大きく首を傾けた。そのなんてことない仕草が、しかし私にとっては爪で心の表面を引っかかれるようだった。自覚していない負い目のようなもの。その痛みに、この叔母が他の親類縁者とは大きく異なる存在であると意識させられる。

様々な意味と価値を持って、避けて通れないものなのだ。

「叔母さん」

ん、と叔母が参考書を下ろして私を見る。見つめられた場所が石になるように硬化する。

喉と肩の自由が利かない。

それでも、ずるずると這うように、声は喉を越えていく。

「右目の、こと、なんですけど」

浮かんでいた汗が一気に、蒸発するように熱を帯びる。

かーっと、背中が熱く、痒く、いてもたってもいられなくなる。

こんなこと、こんな状況で聞いていいのかという疑問はあった。

じゃあいつどんな段取りで聞けばいいのか？

答えはない気もした。

私が俯きながらそんな風に話を切り出したので、叔母も大体を察したらしい。

「えぇー……」

珍しく、困ったように前髪を掻き上げる。どこか幼さを帯びた反応と口ぶりだった。

閉じた参考書をカウンターに置く。

「なに、知ってたの？」

学校の先生に鋭く怒られるようで、萎縮してしまう。

「父から聞きました」

「別に教えなくてもいいのに」

叔母は尚も困惑するように、或いは面倒くさいものを押しつけられたように息を吐く。

「まあ知っていてもいいんだけど、それで？」

叔母は怒っている様子もなく、いつも通りに淡い。口調も表情も、なにもかも。

掠れているようにさえ思えた。

「そのときのこと、覚えてますか？」

「そりゃあよく覚えているよ。あんたのほっぺを引っ張って遊んでいたときだもの」

こんな風に、と叔母が私の頬を摘む。叔母の指は思いの外、すべすべだった。

そうして、過去が再現されて。

情景の重なりと共に記憶が蘇る、なんてこともなく。

叔母の伸ばした腕と目の端に映る白い指を、じっと眺めていた。

「私は覚えてません」

そう告げることで初めて、叔母と正面から向き合っているような気分になった。

「そりゃあそうでしょ」

しかし叔母の方は大して気にも留めていないようで、私のほっぺたをむにむにしている。

親指の爪が伸びているのか、時々当たった。

「でもそっちはあまり懐かしいって感じがしない。この教科書とはまた違うね」

不思議だ、と叔母が感じたものを吟味するように目を瞑る。教科書じゃないんだけど、と思いつつもこの状況で指摘することではなかった。隙あれば目と心は逸れて逃げそうになる。

でもここまで踏み込んだのだから、いっそ、もう一歩。

息を吸う。蔓延するお茶の香りが、少しだけ気を紛らせた。

「私のこと、恨んでいますか？」

叔母が口を閉じる。少し経って、私の頰から手を離す。

叔母が二度、右目の側を指で叩いた。ノックするように、軽快に。

「恨んでいるって言ったらどうするの？」

一拍置いて、うそぶいた。

「償います」

叔母が目を細めた。睨まれているようで、腰が引ける。

まるでこちらに、大した罪の意識がないことを見透かすようで。

「どうやって？」

「それは……なんでもして……」

声に自信がないのが分かる。具体的なものが伴わないからだった。

「なんでもか……じゃあ恨んだ方が得かな」

叔母が努めて和やかにそんなことを言う。

「ずっと恨んでいることにしよう」

お茶をすすりながら、なんてことないように宣言されてしまった。しかも私のお茶だ。

「あー右目に染みるわー」

　軽薄に嫌みを放つ。冗談めかしているので笑えばいいのだろうか、と思いながらも到底、当事者としてはお付き合いできない。曲がった指と共に困惑していると「染みるかっ」と叔母がいきなり独り勢いよく否定した。え、え、え、となっていると叔母がじと、と半目を向けてきた。洗濯機にでも押し込まれたように変化が目まぐるしい。

「あんたさ」

「はいっ」

「……髪綺麗ね」

　譜でもめくるように、耳の横に下りた髪を指で梳いてきた。

　ちろちろちろ、と叔母の二本の指が虫の触角みたいに動く。

「あ、ありがとう……ございます？」

「うん」

　ずずず、とまた私のお茶をすする。

　なんだそれ。今ここで言う必要あるのか？　と疑問が膨れあがって、ついていけない。

「それ、大事なことですか？」

失明した右目と並ぶくらいに。

「もちろん」

叔母は迷いなく認めた。もう冗談めかす風ですらない。

これが叔母の言う、『幼い価値観』というやつなのだろうか。

変人なだけとしか思えない。

「とてもね」

「は……」

念まで押されて、もう黙って俯いているしかなかった。


その日、バイトが終わって外に出てから、迷ったけど謝っておいた。

「変な話をしてすみませんでした」

小さく頭を下げると、叔母がまた、困ったように頭を掻く。

「変というか……」

「あ、変って言い方も失礼で……大事な話ではあるんですけど」

「そうじゃなくて……別にいいけど」

風に持って行かれそうな髪を叔母が押さえて、息を吐く。

「いいのだ」

「はい？」

「きっとこういうのも、なにか意味のあることなんだろう」

そう言って叔母は納得するように、車道へと目を向けた。やってきた車は病院の駐車場に入っていく。病院の立体駐車場の壁には縦に大きな隙間があり、間から植物の蔓（つる）がはみ出ていた。

意図したものか、勝手に生えだしたものなのかは知らない。

季節の影響を受けて、末端（まったん）が枯れ出している。

その隙間を埋める枝葉が風に吹かれて、手を振るように上下に動いた。

前はあんなに外まで出ていただろうか。植物からすればきっと短い、けれど時間の流れを感じる。自転車を用意しながら、大きく深呼吸して、叔母を一瞥する。

私は恐らく、今日、始めてしまった。

特に助走もなく、準備運動もしないで、そっと走り出した。

一度動き出したものを止めるぐらいなら、見届けよう。

「ここって水曜休みなんですよね」

お茶屋の屋根を見上げて確認する。

「うん」

「じゃあ、あの……学校の試験が終わってから、なんですけど」

うん？　と叔母が小首を傾げる。まるで予想もついていないという顔だ。

そりゃあそうでしょ。

さっきの叔母の言葉をなぞりながら、意を決する。

自転車のハンドルを叩いて、顔を上げた。

「一緒に、出かけませんか」

正直、試験に集中できるか心配だったけど思いの外なんとかなるものだった。

頭で考えていることと別に手が動く。高校の勉強は今のところ、暗記で大体解決した。

焦りの混じったような急く気持ちは昨晩のベッドの中で消化し尽くして、今は静かにこれからのことを想像する。教室の景色を目の当(ま)たりにしながら、瞼の裏側に別の風景を見るようだった。

月曜日から三日続いた試験がその日一通り終わって、胸のつかえが取れるようだった。教室内の空気も弛緩する。ここからは冬休みまで、心を曇らせるような行事はないのだった。

簡単に掃除を終えて昼前に解散となる。遊びに行く相談をする声や、一夜漬けに精根尽き果ててそそくさと教室を出ていく同級生等々、思い思いに動き出す。私もその一人だった。

誰かを伴うことなく教室を出て、寝不足集団を抜き去り、次第に心臓も弾む。家は経由しないで直接、待ち合わせ場所の駅前へ向かうことにした。学校から家が近いので自転車は使っていない。校門を出るまでは普通に歩いていたけど、途中から早歩きになっていた。

大して中身の入っていない通学用の鞄が、派手に上下する。

自分の気持ちをそのまま表すようだった。

都会に比べて利用者の著しく少ない駅は、平日の昼間ということもあって一層、閑散としていた。周辺も昔よりずっと人が減った、と両親のどちらかが話していたことがある。

交番と黄金像と工事中の看板と、ついでにタクシー乗り場を越えて約束の場所に近づくと、叔母が先に立っているのが見えた。私に気づいて、背を寄せていたフェンスから離れる。背を伸ばして歩いてくる様は絵になるなぁと思ってしまう。叔母が小さく手を上げた。

「や」

「こんにちは」

私は叔母のどちらに並ぶか、少し迷う。右か左か。

結局、左を選んだ。そちらの方が、叔母が話しやすいのではないかと思った。

「あ、化粧してる」

横顔を見ながら言う。いつもはかさついている唇に艶と色があったのですぐ分かった。

「外に出るときはしますとも。服は着替えるか迷った」

濃紺のセーターのお腹の部分を摘みながら言う。丈の長いマフラーで首元は隙間なく防護されていた。日の強い昼間で今日はやや暖かいこともあってか、少し浮いているようにも見えた。

「寒いの苦手なのって、父と一緒ですね」

「そういう家系らしい」

マフラーの位置を調節しながら叔母が言う。私もその家系のはずだけど、別に苦手ではない。

母の外見の特徴を多く受け継いだからかもしれない。

叔母と並んで歩き出す。歩きながら、どこに行こうと考える。

「人と歩くのも久しぶりだ」

「そこからですか」

確かに叔母は、親戚の集いでも独りでいることが多い。それとなく抜け出して、遠くで休んでいる姿をよく見ていた。つまり私も、そんな叔母にばかり注目していた。

「こんなこと聞くのもなんですけど、友達少ないんですか？」

「あまりいないね。特に一緒に出歩く相手は非常に少ない」

一人、と人差し指を立てる。そしてその指が机に立てた鉛筆みたいに倒れて、私を指した。

「私？」

「あんた以外にわたしを誘うような物好きはいない」

「はぁ」

「まあ多分、面倒だからあんた以外の誘いなんてあっても受けないけど」

叔母がさらりと告げたことに、マフラーで顔を隠したくなる程度には頬が熱くなる。

そんな風にわやわやしていたので、「今は」という叔母の付け足しが半分も聞こえていなかった。

「あんたこそ、わたし以外に誘う友達いないの？」

「ひぇ？」

動揺しているところだったので変な声が出た。

「ひぇ？」

「あ、あー、ひぇているなーと」

「そうね」

叔母が小さく咳払いする。

「今日はひえてるねー、ひえー」

「え？」

「友達いないの？」

平然ともう一回聞いてきた。その前のやつは……聞かなかったことにした。

「友達。います、いますけど、えぇ」

友達よりあなたと一緒にいたいと思ったから。

言えるはずがなくて、鼻の奥だけが詰まったように満ちる。

「彼氏（かれし）は？」

「いませんいません、そんなの」

大きく開いた手を左右に振って否定する。大げさかと思っても手は勝手に振れた。

「ふぅん」

叔母の反応は短く、そういうのがこちらとしては一番困るのだった。なにを思っただろうと気になってしまう。でも深追いして問いただして、しつこいと思われるのは嫌だった。

「テストの出来はどう？」

「多分大丈夫です」

「それは上々」

叔母が私を見る。目もとがいつもより緩んでいるように見えた。

叔母の目や周辺の変化については自然、過敏（かびん）なものとなる。

「なんです？」

「娘とデートするって言ったら兄がどんな顔をするかな」

声を整えた。

「デートですか、そうですねー、どうだろうー」

目の乾き具合から見開いているのと、冗談と受け取って平然を装うとしているけど、目の乾き具合から見開いているのと、まばたきを忘れているのを知る。引きつりそうな口もとを握りこぶしで隠して、えーえーと意味のない声をあげる。

「心配するだろうな、うん」

私が動揺している間に叔母が一人納得してしまった。心配？　なんの？

「別に、えっと、問題あります？」

叔母と外に出かけるくらい……いや、あまりあることではないのかもしれないけど。叔父が危惧するようなことは特にないだろう。……あ、でも。私はなんというか、叔母を特別意識している部分は否定できないわけで、そういうのは世間的に……問題あるのかな？

「まあ色々とあったから」

叔母が目を細めて、うやむやに締めた。締めたと言えるのだろうか。

「取りあえず寒いしご飯食べよう」

叔母が赤くなった耳を摘む。風に吹かれていたであろうそれを見て少し焦る。

「大分待ちました？」

「少し。待つのは好きだから気にしないで」

叔母は真っ直ぐ前を向いたままそう言った。声や態度には私に気を遣う様子もない。

本心からそう言っているらしい。待つことが好きなんて、やっぱり変わった人だ。

そういうところが、いいのかもしれない。

それから叔母と私は駅裏の店に入った。表の黒板によると、ピザとパスタの店らしい。店の中に入ると、まず木の匂いが出迎えた。雨に濡れたような、しっとりとした匂いだ。店の狭さと木目が相まって、木の中をくりぬいた住居にお邪魔するようだった。

暖房の効きは今ひとつで、肌にぴりぴりと軽い寒気が残る。

「最後に来たのは……数えるのも面倒なくらい昔か」

壁の枝幹みたいな茶色に目をやりながら叔母が呟く。

そのときも誰かと来たんだろうかと、少し気になった。

店員に案内されて、奥の席に着く。叔母と向かい合う形で、木製の椅子に腰を下ろした。叔母はマフラーを外し、コートを脱いで、畳み、膝掛けのように足の上に置いた。

「ふぅん」

「なんですか？」

叔母が私を見つめてくる。特に胸のあたりを凝視されて、なになにとまばたきが増える。

「いつもは休みの日に会うから、制服着ているのを見るのは新鮮」

「ああ」

そういうこと、と胸元を見下ろす。叔母と比べると丘陵といった感じだった。なにがだ。

「あまり似合わないね」

「……そ、そうかな」

ずばっと評価されてしまって戸惑う。どうせなら似合うと言われた方が嬉しい。

「色合いの関係なんだろうけどね、私服の方がかわいく見える」

下げて、持ち上げられ……た？　かわいい、なら素直に受け止めてときめいたのに。

でも言葉って不思議だ。他の人にこんなこと言われたら、大きなお世話だって思う。

「褒めてます？」

「思ったことをそのまま言っただけ。どう受け取るかはそっち次第。わたし、無責任なの」

叔母がそう語りながらメニュー表を取る。覗くと、私も見えるように横向きにしてテーブルに置いた。メニューの横に印刷された料理が載っているので、あれがいいこれがいいと二人で指を差し合う。そうしている途中、叔母とこんなことをしているなんて数年前では考えられないと、状況の変化にふと向き合ってぼんやりしてしまった。

自分の望む方向に、私は前進しているだろうか？

結局、ピザとパスタを一つずつ頼んで分け合うことになった。

注文を終えて、制服のスカーフのあたりを見ながら叔母が尋ねてきた。

「大学は行くの？」

「まだあまり考えてないです」

「それもそうか。一年生だった」

「叔母さんは」

「行った。それなりに充実していた」

叔母がなにかを思い出すように笑う。特に口の端が緩い。いい思い出があるみたいだった。

でもその後すぐ、どこかが痛むようにしかめっ面をして頭を掻く。

楽しんだり悔やんだり、忙しい。それが充実ってことだろうか。

「大学を卒業してから家に戻ってきたんですか」

「その前に会社勤めしてた。一年くらいで辞めたけど」

初耳だった。すぐに辞めた理由に思い当たる。

「それは、目が」

「それより前」

「ああ……」

ならいいのだけど、と安堵する。これ以上、叔母の運命に食い込んだら……痛そうだ。

私も抜けないいし、叔母も痛むばかりで疎ましがってしまう。ほどほどの刺激に留まっていれば……いいのだろうか。

「じゃあなんで辞めたんですか？」

「ちょっとね」

耳たぶを弄くりながら、叔母がはぐらかすように話を切り上げてしまった。

「ところで、今更だけどなんでわたし誘ったの？」

話題を変えるついでに、踏み込んでくる。

「なんでって」

自分の声が喉に引っかかって、空回りするように感じた。

素直に答えてしまってはいけないと思いながらも、頭が上手く回らない。

「それは、叔母さんが……」

気になるから。多分、色んな意味で。絡み合ったそれを一つずつ解いて露わにしていくと、羞恥でこの人の前に真っ直ぐ立てなくなりそうで、敢えて放ってある。そんな理由に基づく。

叔母が口ごもる私に、ギョッとするように目を開く。

かぁっと、急速に目の下が熱くなった。慌てて言い訳のようにうそぶく。

「叔母さんには、いつもお世話になっているから、お礼に、お礼？」

嘘としてもなにか違う気がした。

「え、お礼ってことは奢ってくれるの？」

身を引いていた叔母がぐっと迫り寄ってきた。そう来るか、と苦笑する。

「あー、じゃあ、はい。任せてくださいっ」

勢いに乗じて承ると、叔母が座り直してから手を横に振った。

「冗談。ここはわたしが払うから」

「そんな。私が誘ったわけですし」

いいの、と叔母が続けて手を振る。

「高校生の姪っ子に昼飯代払わせたなんて、人聞きが悪い」

叔母が、少なくとも私にとっては意外なことを言った。

「そういうの気にするんですか」

「しますよとっても」

軽薄な叔母の物言いは、自らの言葉を嘘だと立証しているようなものだった。

嘘と嘘のやり取り。

だけどそういうことにしておいた方が、お互いにとって都合いいかもしれない。

そこまで考えての態度であるなら、叔母はやはり大人なのだなと感服する。

同時に、自分の青臭さを痛感した。

「でもあの、お世話になっているって思ってるのは本当です。いつもありがとうございます」

小さく頭を下げると、叔母が笑うのが頭の端っこに見えた。

「こっちこそいつも来てくれて助かってる。奥で寝ていられるから」

「あはは」

叔母らしい理由で、こちらは嘘を言っていないのだろうと思った。

「椅子に座っては寝づらくなった。学生の頃は簡単だったのに」

「はぁ」

「衰えを感じる」

「なんの衰えですか……」

呆れつつも、家でお茶を飲むときとはまた違った話ができて楽しい。

料理を待つ間は苦にならなかった。出てきた後は、更に充実する。

「んまいんまい」

ピザを囓った叔母が機嫌良く評価している。叔母の素直な表情というものを見ることができて、私の方も料理を味わう以上に得るものがあった。かわいい、とときめいてしまう。

ここにまた来てもいいなと思った。

ピザとパスタを分け合ってもしゃもしゃ食べる。そうして、一枚余ったピザを叔母が私に差し出してくる。

「いいですいいです」

気に入っているみたいだし、叔母に譲ろうとする。しかし叔母は私の皿に載せてしまう。

「試験が終わったからお祝い」

「……じゃあ、ありがとうございます」

やや厳かな気分で受け取った。些細なことでも祝われて悪い気はしない。それが、気になる相手であるなら一層だ。私がピザの先端を囓るのを、叔母が楽しげに眺めていた。

食べ終えて、少し落ち着く。叔母はフォークを握って、皿の端に残るチーズを突っついていた。確かに自称するとおり、所々に幼い仕草を見せる。これからも気に懸けて見ていこう。

私しか知らないような叔母への理解を、深めたい。

「悪いね、若者の貴重な時間をこんなことに使わせて」

叔母が珍しく、気後れするようにそんなことを言ってきた。

こんなことなんてそんな、と否定する。

「だって私が誘ったし、そうしたかったので……あの、来てくれてありがとう、というか」

断られなくてこちらがホッとしたくらいだ。叔母は一度目を逸らしてから、口もとを緩めた。

「楽しませて貰っているよ」

叔母がそう言ってくれて、安堵する。

私の時間を使っている。そんなことを叔母に意識してもらう必要はないのだ。むしろ、私が。

「……時々考えるんです」

「なにを？」

ぐっと、テーブルの下で握りこぶしを作る。逃げ出したくなる心にぶら下がって、その場に引き留める。同時にその重みが、舌の動きも奪いかねない。

顎を含めてぎくしゃくしていることを自覚しながら、声を出す。

「右目の代わりに、私はなにを差し出せばいいのかなって」

フォークを突き立てるように、核心に迫る。

対する叔母は、冷めていた。なんだそれと小馬鹿にするように、小さく息を吐く。

「特になにも」

叔母がすぐに否定した。無欲ではなく、無関心の素振りで。

「失ったものは絶対に戻ってこないし、補うこともできない」

その一言には、普段と異なる重厚さがあった。

叔母の信念のようなものが宿っているのかもしれないと、背を引き締めるようにして受け止める。

「桃の木が不作だからって林檎を吊しても面白くはないでしょ」

「え、はぁ……」

「確かにわたしは右目を失った。でもそれがすべて悪いこととも思ってないから」

叔母が右目にかかった髪を払う。本物にしか見えない義眼が私を凝視していた。

「あらゆる物事や行動には意味がある。そこにあること、そこで起きたこと、その連なりと結果はなにかに繋がっていく。……望まないような結果に行き着くとしてもね」

良質な音楽に唐突に混じるようなノイズ。叔母の声に、苦いものが迸っていた。でもそれも一瞬で除けて、叔母がすぐに持ち直す。

「簡単なとこをあげれば、あの出来事がなかったらわたしとあんたがここにいることはない。そしてパスタもピザもおいしかった。どちらかというとピザの方が好きかな、まぁそれはいいけどおいしいものを一緒に食べてお腹いっぱいで、それはとても素晴らしいことだと思う」

早口で例え話を語りきった後、叔母は皿に残ったチーズの欠片を摘んで口に運んだ。

「だからあんたは必要以上に昔のことは気にしなくていい」

むぐむぐチーズを噛んで、叔母が飲みこむ。それからフォークの先端を私に向けた。

もしもそのままフォークで私の目を突くつもりなら、受け入れなければいけないのだろうと思った。

もちろん、心優しい叔母はそんなことをしない。

「そんなことを気にして手伝いに来ているなら、もう来なくていいよ」

フォークを引っ込めて、諭すように言う。それは、困る。困るぞと、すぐに否定した。

「いえ、それとこれとは別です……はい。別です」

嘘半分、本音半分だった。叔母の家へ働きに行くのは単純に、叔母と話がしたいだけだった。

それを失うことは、今や考えられないのだ。

「えぇー」

叔母がびっくりするように、大げさに両手を上げて仰け反る。そうやって反り返ると、豊かな胸元が主張するなぁとそんなことに注目してしまい、密かに己を恥じた。

「なんで困ったような反応するんですか」

「そう来るかと思って、うん」

「どう来ると思ったんですか？」

「いや、すみませんでしたと萎れて、店を出て行き……みたいな」

叔母の左手がクラゲでも演じるようにひらひら宙を踊る。

そこまでしおらしい人間ではない。叔母は壁に目を向けて少し考え込む仕草を取った後。

「ま、なるようになるか」

また一人で結論を出す。これも意味のあることだって、納得したのかもしれない。

肩の力が抜ける。それは思ったよりも感情のぶつけ合いがないことへの、失望を含むのかもしれなかった。

叔母は本心から、私へのわだかまりもなく、大して気に留めていないのだろう。

私はそれに救われるべきなのに心中、澱む。

もっと気にしていて欲しい。

もっとこだわっていて欲しい。

そして、私を意識して欲しい。

そんなことを望んでいる自分が、心のどこかにあった。

頬肉の内側を噛んで、俯く。

私は右目を奪った負い目で、叔母との繋がりを維持していたいだけなのかもしれない。

そんな呪いのようなものに縋ってまで。

しかし恋も呪いも、相手を繋ぎ止めたいという気持ちは似たようなものだった。


「今日、泊まっていっていいですか」

翌週のバイトの休憩中、少し緊張しながら聞いてみた。

デートの次は宿泊か、と手汗が滲む。前に想像した、坂を転がる石を想起する。

一度始まれば、歯止めは利かない。

叔母は飲みかけたお茶を戻してから、訝しむように顔をしかめる。

「別にいいけど……楽しい？　それ」

「いや、分かんないです……」

変わった質問をされた気がした。楽しいかどうか、というのが叔母の判断で大事なのだろうか。確かに、叔母の家はなにかあるわけでもないので面白くはないかもしれない。

しかし、叔母はここにしかいない。

「いいけどさ……」

叔母が淡泊に受け入れる。凪のように穏やかで、でも叔母は表面上の態度と内面に差がある方みたいなので実際、どう思っているかを推し量るのは難しいのだった。

「親には泊まるって連絡してある？」

「いいって言われるか分かんなかったので……今からします」

「うん。でもどうしよ。布団ないんだよね」

部屋の中を見回しながら叔母が困ったように頭を掻く。言われてから、「ああ」となった。

「誰かが泊まる用事なんてないもの」

「えーと、あ、こたつで寝ます」

「うん……」

こたつから出た叔母がラッコみたいにソファに寝転がる。まるでこの場所は譲らないぞとばかりに、私をジッと見てきた。

なんというか……愉快な人だと思った。人となりを知るにつれて、印象が変わっていく。

変わらないのは明るさを伴うように、私の心を惹くものだけだ。

「こうするしかないか」

「なにがですか？」

叔母が手招きしてくる。なんだろうとこたつから出て、近寄ってみる。

「わっ」

ソファから腕が伸びる。捕食のように迅速で、そして私を引き寄せてしまった。ずでん、と脇腹を打つような形でソファの上に転がる。しかしそれどころではない。叔母の顔が本当に目と鼻の先にあった。

下ろした髪の先にある右目が、私を真っ直ぐ捉えている。

腕の内側の肌がのたうつように震えた。

「やっぱり普通に寝ると二人じゃ狭い」

「あ、はい……」

顔の間近で叔母の髪が揺れる。どきどきはしない。むしろ、心臓が平べったく潰れるように広がる感覚があって苦しい。呼吸がうまく続かず、下唇が震えていた。

「狭いなら隙間なくすしかないよね」

「え、あ、えぇと……はい」

叔母の腕の中に抱きすくめられる。叔母がソファの上で跳ねたり、腕の置き場を変えたりと位置を調整してくる。私はされるままだ。ざぁぁ、と木々が風に弄ばれるような音がした。

血が激しく巡る音だった。

「うん、大きくなったもんだ」

叔母が私の背中を軽く叩きながら、納得するように頭を揺らす。

お互いの膝が擦れる。

「背も伸びたし、骨もある」

「骨は最初からあると思うんですけど……」

「人の成長と共に自分の歳を感じる。そこまで悪いものではないかな」

叔母が、しみじみ語る。でも直後、声は乾く。

「いいものでもないけど」

「ですよねー」

うぇははと二人で笑う。顔を離した叔母が、真顔で尋ねてきた。

「本当に一緒に寝る？」

　答えにくいことをずばずば聞いてくる。言葉ではっきりさせないままうやむやに、なぁなぁで結局そうなってしまうのが一番楽なのによく分からないことを恨みつつ、ぼそぼそと答える。なによりも耳が熱い。

「邪魔じゃなければ」

「寝づらそう」

「う」

　叔母のはっきりした物言いは時として壁になる。叔母が前にも見た、意外そうな表情になる。

「寝たいの？」

　また真っ直ぐな問いかけだった。一つ答える度に深みにはまっていく気がしてならない。

　ここで直接寝たいなんて答えたら、私の願望筒抜け（つつぬけ）みたいで、生きていけない。だから少しだけうやむやにして、本心を忍ばせた。

「安心する……するんです。不思議と」

　きっと今、自分が叔母に一番距離が近いからだ。気になる相手に、自分以外の近しい人がいればそれは心穏やかではないだろう。こうして近づけば、そんな相手も見えなくなる。

ぎゅっと、私と叔母のどちらかがより近づいて、隙間を埋める。

そうすると私の背は丸まり、叔母の胸に顔を寄せる形となる。

「……………………」

がぁあっと、体温の急上昇を感じた。

胸の間に顔がある、と意識してしまっておでこが熱い。

「私のこと、ちゃんと恨んでますか？」

「もちろん」

快い返事が胸を打つ。

「安心しました」

息を吐き、肩が軽くなる。身体の中心を走る重いものが抜けていく。

安らぐってこういうものだろうか。

「あんためちゃくちゃね」

「そうかな」

「不安にさせてみようかな」

「ええ、ほんとですか？」

困っちゃうなーとか言おうとしたら。

「げっひゃひゃひゃひゃひゃ」

頭の上でいきなり聞こえてきて耳を疑った。

叔母の笑い声だと、少し経ってから衝撃を受けた。

本当にそんな風に笑うんだ、この人。

「不安になった？」

「……いえ」

正直ちょっとなりました。

「人前ではやらないよ」

「私、人じゃないんですか」

かもしれないと叔母が肯定した。しないで。

「人のこと、あまり気にしない性格だと思ってました」

周りへの関心が薄いような目つきや態度。きっと、叔母を見て誰もが感じること。

でも私だけがその本心に触れているのだとしたら、それより嬉しいことはない。

「わたしなりに大人をやっているつもりなの。これでもね」

叔母が起き上がる。私を飛び越えるようにソファから下りた。見届けていると、

「こんな時間から寝るつもり？」と笑われてしまった。名残惜しい顔でもしていたのだろうか。

かぁっと、浅ましさに耳が熱くなる。

叔母はそのままこたつに滑り込む。わたしもそれに、その隣に続こうとする。向かい側ではなく回り込んできたわたしを見上げて、叔母が察したように、少し眉をひそめた。

「いいのかなぁ」とぼやくようにしながらも、叔母が布団をめくる。失礼して収まる。並んで入るとこたつはさすがに狭かった。叔母も言っていたけど、私も大きくなったのだ。

叔母と私の足が密着して、肘もごつごつぶつかる。でも、かえってそっちの方がいい。

「血筋……わたしの血じゃないからそれはおかしいか……」

叔母が何事かを訝しむように呟いた。そのまま、胡乱なものを見るように私に目を向ける。

「あんたさ」

「はい……」

なにを言われるかとどきどきする。けれど叔母は出かかった言葉を飲みこむように、噤む。

ぱくぱくぱくと、空気を吸う金魚みたいに口を開いてから、前を向いた。

そのまま叔母が私の頭を撫でてくる。髪の感触を楽しむように柔らかい手つきだ。

私は大人しくそれを受け入れて、安らぐ。

言葉の多くが端折られて子細は摑めないけれど、悪い気はしなかった。


テレビではくりくりした髪の女性が駅前でインタビューを受けていた。パジャマの上に大きめのコートを羽織っている変わった格好だ。そしてその二十代と思しき女性が「ほほほ、ワタクシこれでも四十過ぎですよ」と朗らかに答えていた。思わずリポーターと一緒にうそぉ、と目を見張る。叔母も驚いているだろうと思って横を向くと、叔母はこたつ机に頰杖をついて、目を瞑っていた。巻くように顎が傾き、時折、頭が左右に小さく揺れた。

テレビの音量を下げる。覗く寝顔のそれは、少女が歳月という化粧を施されたようだ。教室で時折見かける同級生の寝顔には感じない、色気というか……落ち着かなくなるというか。

身を乗り出すようにして顔全体を眺めると、右目の瞼もしっかりと閉じられていた。それを当たり前だと思いながらも、心を満たすものの水位が少し上がったように息苦しくなるのだった。長々と直視はできなくて身を引いて座り直す。

落ち着いて、こんな時間から寝ているじゃないか、と小さく笑う。

ストーブの機能する音を静かに聞いていると、こちらも少し眠くなった。

叔母はそれから十分ほど経ったあたりで、ゆっくりと目を開けた。開けた後も姿勢はそのままでぼうっとしている。様子を窺っていると、まばたきより先に唇が動いた。

「古い夢だった気がする」

独り言のようでもあるし、私への報告にも聞こえた。長い時間ではないけど夢を見たらしい。

「昔の夢ってことですか？」

「それは、ちょっと違うかも」

叔母が眠気(ねむけ)を振り払うように軽く頭を振った。

「これは……甘いものが必要だ」

なぜ。叔母が立ち上がり、若干頼りなく背を丸めたまま部屋を出て行く。台所の方へ向かったなぁと見送りつつ大人しく待っていると、叔母が両手にカップアイスを掴んで戻ってきた。

口には短いスプーンを二つ挟んでいる。私の隣に座ってから、スプーンがへこへこ上下する。

取れということみたいだ。引っこ抜くと、叔母が唇を軽く舐めた。

「どっちがいい？」

鷲掴みしているカップアイスを目の高さに掲げる。ミントと抹茶味か。

「どっちが好きなんですか？」

質問に質問で返す。なにしろ叔母の家のものだ、こちらも気を遣ってしまう。

叔母はにやぁっと意地悪を含んだように笑う。でもその目は私ではなく、あらぬ方向を見ていた。

「チョコレートミント」

「じゃあ、抹茶で」

私としてはどちらでもよかった。本当はバニラが一番好きなのだ。

「げげげ」

笑っているのか嫌なのか判別しづらい声をあげて、叔母が抹茶アイスを渡してきた。

私の隣に座ってからも、笑いは収まらない。

「げっげっげ」

なにが楽しいのか、奇怪な笑い声を満喫している。笑いながらアイスをばしばし食べている。青いアイスは勢いよく削られて、叔母の口に溶けていった。

「楽しそう……ですか？」

指摘のようで質問になってしまう。だって分かんないし。

「いやこれは照れ隠しみたいなもの」

「え？」

「昔のことを考えて悶えるんだよ。大人にはよくあること」

そうかな、と同意しかねる。少なくとも私の知る大人は、げっげっげと笑ってはいない。

「なんだろう……夢の中の現実といえばいいのか……」

スプーンを置いて、叔母が難しい事を考えるように顔を傾げる。

なんのことだろうと目で尋ねると、叔母が肩をすくめた。

「夢の話。同じようなのを何回も見ている気がする」

「はぁ」

「もう見ないと思っていたけど……少し懐かしかったな」

「はぁ……」

そこでなぜか私を見て、叔母がにやっとした。なになに、と戸惑っているとすぐに目をテレビに向けてしまい、意味は分からずじまいとなる。酷い、とアイスを囓った。

夢か。私は夢をあまり見ない。いや覚えていないのか。覚えている範囲で最後に見たのは喉が渇く夢だった。教室で喉の渇きに耐えるというだけで、まったく情緒もなにもない。

当然、起きたら本当に喉が渇いていた。

テレビはいつの間にか、どこかのマラソンの様子を映している。女子マラソンらしく、鍛えられた足で道路を疾走する女性が先頭を走っていた。後ろに数人続いているけれど、距離が縮まらない。体育の授業のマラソンを考えると、なぜ走るのかあまり理解できなかった。

「なんで走るんだろうね」

思考と声がかぶって、驚いて叔母を見た。叔母はテレビを、目を細めて観賞していた。

「意味はあるんだろう。でも、未だに分かんないな。……昔、仲のいい子がよく走るやつでね……走るの苦手だから、追いつくのが大変だったよ。想像の中のわたしは活発で、その友達を簡単に追い抜いていたんだけど。あくまで頭の中ではね、いつの間にかあの子に勝つことは諦めて見なくなったけど。どこ行っちゃったのかねぇ」

人差し指をくるくる回しながら、叔母が、笑う。

「今だってテレビの相手には頭の中で三回ぐらい勝ってる」

「めちゃくちゃ言ってますね……」

話しつつも遠くを見つめるようにしながら昔を語る叔母に、私は居心地の悪いものを感じていた。叔母の話に、叔母の意識に、私の介入(かいにゅう)する余地がないからだった。

今、叔母の中に私はいない。

私は思い出に、嫉妬(しっと)していた。

鬱屈(くったく)している間に、残るアイスはカップの中で溶け出していた。

そんな中、動いた叔母の手が私に当たる。

「あ、ごめん」

叔母が謝り、身体を引こうとする。そこでぶわっと、毛並みの奥が広がる感覚があった。

嫉妬が、躍起になる。

こたつの中、叔母の手の甲に、自分の手を重ねる。

どくん、どくんと私の手が激しく鼓動していた。浮き出た血管が破裂するように膨らむ。

叔母が一拍置いて、私の顔を覗いた。まともに見返すことはできない。

こたつに突っ込んだ足よりも、顔の方が熱い。

叔母は私の手を除けるようなことはなく、けれど静かに口を開く。

「あんたさ」

返事をしようとしたら喉が締まって、上手く声が出なかった。

お、お、おみたいな感じ。

叔母は溜息をこぼした後、先程言いそびれたことを伝えるように続けた。

「好きになる相手、ちゃんと選んだ方がいいと思うよ」

飾り気のない忠告に、頭が爆発する。

「ずぎっ！　ず、すきなんて、そんなっ」

声が裏返って跳ね返って舌を噛みそうになって、もう取り繕うのは不可能な醜態だった。

「いやぁさすがに分かるから」

ははは、と叔母が私の反応を呆れたように笑う。背中の汗が滲んでは服に気持ち悪くくっつく。気味悪がられないのかと心配して、両親のことを思い出して、最後に叔母の右目を意識して、不安と動揺が交互にやってきては心臓を叩く。生きた心地がするけれど今にも死にそうだ。

「女の子好きなの？」

身も蓋もない質問をされる。いや、いやいやいやと頭を振った。

「別に、その……そういうわけじゃ、ないとは、思うのですが」

叔母だから、好きなのだ。複雑に、ややこしく理由付けても結局はそれなのだ。

叔母に向けるものは罪悪感などより、いつの間にか好意が大半を占めていた。

それだけの話なのである。

「まーわたしは女の子って歳じゃないけどな」

がははは、と叔母が豪快に笑う。あへへ、と慎ましく笑ったら真顔で睨まれた。

「女の子です」

言わされた。「いやぁまいっちゃう」と叔母が一丁前に照れた。なんだこの茶番。

「ま、ままま、まぁ、それは、おいといてですね」

どっこいしょ、というジェスチャーの間も腕が小刻みに震えていた。見るに堪えない。

「置いといていいの？」

よくないって顔していた。いいんだってば。

「仮に、その、もしもお、叔母さんを好きで……問題です、か？」

自分で言っておいて、ないと思っているのかと血の気が引く。

「実に問題」

「そ」

そりゃあそうだ。

「わたしだから問題なんだよ」

「えっ？」

おっと、と叔母が失言したように口もとを覆った。それからこほん、と咳払い。

「そりゃまずいでしょ。わたし、叔母。あんた、姪」

自分と私の顎を順繰り（じゅんぐ）りに指差す。

「むしろ問題ない点ってどことという感じじゃありませんか」

そんなものはない。でもそれ言ったらなにもかも終わりだ。だから、むちゃくちゃでもいいからなにか見つける必要があった。あるのか、いや絶対ない、なくてもいい、作れ。

今すぐ作れ。

「こ、子供はできないから安心……と、とか」

うぃへっへへへともう泣きそうになりながら笑ってごまかすしかない。

そして今度は叔母が噴き出す番だった。机に突っ伏して、何度か額を打つ。

額に赤い跡を残しながら、叔母がのっそりと顔を起こす。

「あんたね」

「すみませんっ」

もう平謝りしかない。なんで謝るのかも分からないけどこの空気から逃げ出したかった。

「あーいやまぁ……なるほど、そうだね。うん」

頬杖をついた叔母は頬肉が偏って、ふくれ面のようだった。

「まーあの、なに。とにかく、相手を選んだ方が……いんじゃない」

最後はどことなく投げやりだった。いくら大人でも、この状況で適切な対応を理知的にこなすことなんてできないみたいだった。中学生のとき、大人には反発もあって否定する。そして高校生になると、大人が万能でないことを改めて知る。未熟な自分が大人に近づくからだ。

「今日、泊まるのよね」

　この空気で。

「は……」

取り下げようかなと、半ば本気で考える。

「寝込み襲わないでよ」

噎せる。叔母なりの冗談だろうけど、洒落になっていない。

「えぇっと……お風呂も覗きません」

言っていて、赤面が収まらない。叔母も平静ではないのか、身体が所在なく揺れていた。

　なんだこれ。

　叔母に、好きだってこれからずっと筒抜けなのか。

　死にたい。

　足がばたばたと暴れて、気を抜くと顔を手で覆ってそのへんを転げ回りそうだった。

　しかもその上、叫ぶ。うんだらややややもうとか叫んで喚く。そういうのを、お腹に力を入れて耐えた。

区別をつけることなく、羞恥心とその他感情を嚥下(えんげ)するよう努める。

長い時間が必要だった。

叔母を好きになる。それも、女の私が。いびつだ、歪んでいる。

でも、直線だけが答えとは限らない。

真っ直ぐだろうとぐにゃぐにゃだろうと、ようは、辿り着ければいいんじゃないだろうか。

「あと、さっきのは本気の忠告」

頬杖をつき直した叔母が、横目で私を見る。

「人を好きになって夢見心地になるのはいいけど、相手を選ぶべきだし、それに、のめり込みすぎない方がいい」

寄せている私の手と肩を、軽く押してくる。でも距離は離れるほどでなく。

「見境なく夢ばかり追いかけていたら、いつかその夢に落っこちてしまうかもしれない」

叔母が、窓の向こうへと目をやりながら言う。横顔が、薄い。

「えぇと、それは……?」

「そういうやつもいるんじゃないかって話。まぁ、本当は夢も現実も大して差はないのかもしれないけどね。確かなものがあれば、どっちを選んでも……」

「はぁ……」

忠告のようで、最後は結論を濁すように曖昧で。

その輪郭を捉えさせない例え話はまるで、厚い雲に包まれたように、不思議な感触を持つのだった。実体験が、あるのだろう。そう感じさせる。

故(ゆえ)にそうした叔母の忠告は分かる、間違いだらけな自分も理解できる。

けれど。

「……好きになる相手って、選べるんですか？」

ふと気になったことを、叔母にぶつける。

一呼吸置いて、叔母が答えた。

「選べないよね、普通」

叔母が肩を落とすようにして笑う。

どちらの声も、水の底に沈むように深く響いた。

雪の降らない、暖かいクリスマスだった。暖房を無視して室内にじっとしていても、耐えられる程度の夜だ。風情(ふぜい)はないかもしれないけど、過ごしやすくていいんじゃないだろうかと思う。そもそも、クリスマスに雪が降る場面に出会したことがない。

この一週間、町では赤色と白色を見かける機会は本当に多かった。目を瞑っても残像として浮かぶほどだ。電飾の賑やかな輝きも印象に強く残る。駅前や学校の近くでさえ見かけた、着飾られたもみの木は明日になったら地味な色合いに戻るだろう。

夏は花火が上がる。そして冬は、人の高揚する気持ちが町全体に打ち上がる。

その輝きに包まれた夜、私は一人だった。自宅の部屋に独り、頬杖をついて座り込んでいた。

カーテンの向こう、夜景を越えて叔母を想う。

実は先日に一応、クリスマスの予定を聞いてみた。そうしたら叔母は溜息をついて、一言。

『よく考えなさい』

『はい……あの、それじゃあ……』

『うん』

『他に誰かと過ごす予定はありますか……？』

次に来たそんな心配を打ち明けたら、叔母は困ったように頬を掻いた。

『安心……と言えばいいのやらなにやら。一人だよ、別になにもしない』

『そうですか……』

ほっとする。それだけで、考えるまでもなくたくさんの答えがある気がした。

『あ、ケーキは買ってきて食べるかも』

『おいしくお召し上がり下さい……』

『祝うのか湿るのかどっちかにして』

変わった表現が面白かったので、その日は湿ってみた。

意識してじめじめした。

どうやったのかは既に覚えていない。

叔母に言われたとおり、考える。もちろん、叔母のことばかりだ。

すべての始まりは、覚えのない罪。

叔母とのことを知って、どうだったか。

中学生になったとき、叔母の目のことを父から聞いた。多分、知っておいた方がいいと前置きして。それ以来、私と叔母は地続きになった。

叔母を見て感じるものはなにかを中継することなく直接届く。

痛みも、戸惑いも、高揚も。

知って、よかったと思う。

まず一つ。

そんな叔母のことばかり意識しているのは、どうなのか。

叔母はあまり前向きなものを感じないらしい。

でも私はこんなにも真剣に人のことを考えるのは初めてだ。

叔母にはたくさんの初めてを覚える。学ぶ。知る。

時に心がか細く張り詰めて、心の水面に吹き荒れる嵐となりながらも、無数の変化を与える。叔母に合わせて、多くが変わる。私は、自分の望む私になっていく。

想って、後悔はない。

叔母は、女性に好かれることに抵抗はないような気がした。今までの反応を振り返るとそうした嫌悪感が先立つようには感じなかったのだ。人は自分に似たものを好きになるのかも、といつかどこかで見た記憶がある。私と叔母は嗜好というか、根っこに似たものがあるのかもしれない。つまり女好きだ。身も蓋もない。

とにもかくにも、良かったことは多い。負い目を感じるべき相手に対して、こうも前向きなものが並ぶ。それは、良いことだ。自分本位だけど、私にとっては間違いなく良いことなのだ。
人生は未知との遭遇(そうぐう)を経ることで、初めて前に進んでいると感じる。
それは、手がかりだ。生きていると実感するための大きな、確かな。
だから、今胸に宿るものは間違ってはいない。

「…………………………」

ずっと伝えたいことがある。
それは好きということに似ているけれど、もっと自己中心的で、非道徳的で。
だから、口にすることができないでいる。
もしもその本音を伝えたら、もう一度、叔母を傷つけることになるのだろうか？
いくら相手のことを想っても、考えてしまえば自分が基準になる。
自分ならこうする、こう考える……自分と他人の境界を見失いそうだった。
それでも質問を重ねる。
深々と、己に問う。

新年、というものが実はしっくりと来ない性分だった。学生だからか、一年の始まりは四月という意識があった。私の一年は三月に終わる。ので、お正月は馴染みづらい。

でもめでたくないと言えば嘘になる。お年玉もあるけど、ある年を境にしてもう一つの密かな楽しみが生まれた。叔母が、私の家にやってくる。今年は殊の外、緊張もした。

正月は親類一同が私の家に集う。頼んだ出前のお寿司がテーブルの上を占拠していた。用意した長いテーブルのずっと向こうに、叔母がいる。今日も綺麗で、ちゃんと化粧もしている。

大人に囲まれている叔母は、酷く窮屈そうにしていた。お酒も飲まないで俯きがちに過ごしている。自惚れかもしれないけれど、私と二人でいるときの方がよほど楽しそうだ。目が合いそうになって、慌てて顔を伏せる。

あれ以来、叔母とは込み入った話をしていない。

お互いの首に紐をかけて、いつでも引っ張れるのに見ないフリをしているようだった。

酒の席で叔母が父になにか言われている。その二人の目が同時に私を見てぎょっとした。目を逸らしたけど、どんな話をしていたのだろうと気になってしまう。お宅の娘に告白されたようなものなんだけど、と叔母が言っているのだろうか。破滅だ、と嘆いた。

大人への挨拶が終わってから、部屋に戻ることにした。叔母はいるけど側にいるのに話せないなんて、かえって鬱屈してしまう。部屋に戻って、ベッドに倒れた。

大してなにかしたわけではないけれど、普段付き合いのない親戚に挨拶していたら気疲れしてしまっていた。目を瞑ると、寝息が先行して聞こえるようだ。お腹いっぱいになって昼寝して、正月もいいものだなぁと思ってしまう。でも寝て起きたら叔母は家にいない。それも少し勿体ないなと感じながら、睡魔に抗うことはできそうもなかった。

そうして、半ば寝入っているときだった。

誰かが扉をノックする。口を枕に押しつけたまま、目をうっすら開いた。誰だろう。ノックなんてするのは家族ではない。口もとを拭いながら顔を上げると、扉が開いた。

「や」

待ち合わせのときみたいに軽く手を上げて、叔母が入ってきた。

見た途端、跳ね起きてベッドの上で正座してしまう。

「あ、ど、どうもっ」

へこへこと頭を下げる。

「ああいう付き合い苦手で逃げてきた」

「逃げて逃げて」

ええもう遠慮なく、と身振り手振りで勧めた。叔母は苦笑する。

二人分のクッションを用意して床に下りる。叔母にも渡して、向かい合って座った。

……顔を正面から見ないといけないので、向かい合うのは失敗だったかなぁと少し思った。

叔母が部屋の中を見回している。それから、軽く身震いした。

「寒いですか？」

エアコンのリモコンに手を伸ばそうとすると、いいやと手で制してきた。

「前に見たときはここ物置だったから、様変わりしたと思っただけ」

「何年前の話ですかそれ……」

私が小学生になってから使っている部屋だった。様変わりしない方がおかしい。

変わらないのは、窓から入り込む明かりぐらいだろうか。

今日はお正月には生憎の曇り模様で、夜には雪が降るとの予報だった。

「…………………………」

叔母と座っている。けれどこの部屋、テレビもこたつもなく。

向き合ったところで、なにかすることもなく。でも離れたくもなく。

なくなく。

「お酒飲めないんですね」

観察していたことを報告すると、叔母が「飲めるよ」と否定した。

「でもお酒は楽しい席で飲むものだから」

「そういうもの、ですか」

「だから今飲むのだ」

そう言って、叔母が服の中に隠していた缶ビールを数本、取り出した。

へぇ、と最初は反応が鈍い。

でも遅れて、言葉を整理して、ずがんと来る。

私といるときは楽しいって、言っているのか。

膝を叩く。ばんばん叩く。叔母が変なものを見る目になっていたが、自制できなかった。

叔母が缶ビールのタブを引く。口を付けて、そこで私の視線を感じ取ったらしく目が動く。

自分では今ひとつ分からないけど、興味深い目でもしていたのだろうか。

「飲んでみたい？」

叔母が缶ビールをこちらへ傾ける。きらきら光るものに、鳥のように引きつけられる。

「ちょっとだけ」

「うんうん」

ちょっとだけね、と缶を差し出してくる。

「飲酒まで勧めて、兄に知られたら打ち首だな」

父の名前が出て、そういえば、と思い出す。

「さっき父となに話していたんですか？」

叔母が「ああ」と頬を掻く。

「娘が世話をかけるとか、そういう話」

「あーそういう」ほっとした。「いい話ですね」「え、どこが？」

いやはははと笑って流す。

「兄はわたしに遠慮があるから」

ずきん、と来た。お酒の匂いのせいではない。

「……目のことで？」

「そういうこと」

叔母は特に遠慮しない。かえって救われるけれど、苦さが抜けきるわけではなかった。

こういうほろ苦いときに飲むのかな、と抵抗が薄れてビールに口をつけてみた。今までにない味に、舌の先が真っ先に違和感を抱く。べたぁっと、苦みが一気呵成に流れてきた。

飲みこむ。喉越しなんとか、ってＣＭを想起した。

「お酒って、まずいですね」

率直に感想を述べる。叔母が微笑ましいものを見るように破顔する。

「健全で素晴らしい」

「でも飲める」

ちろちろと舐めるように口をつける。まずいけど、少し後を引く。

うん、飲める。

飲む。

ぐびぐび。

「……あの、ちょっとだけよ？」

はいはい。

「おっぱい触りたいかたくないかでいうと、触ってはみたいんですよ」

「はぁ、そっすか」

「でもそう思うのはー、叔母さんのだけで、他の膨らみはどうでもいっちゅーか」

「光栄っす」

「不思議ですねぇ。違いはでっかいくらいなのに」

「不思議じゃなく単なる巨乳好きじゃないの？」

酔っぱらった巨乳好きの姪ってなんだよ、と叔母が激しく溜息を吐いた。

なんだかさっきから叔母さんが困っているように見える。わたしなにか変かな。

じー。

「ほらね」

叔母さんがとっても綺麗に見えている。実にいつも通りだ。

「いやなにが？」

「あのぉ」

一歩迫る。叔母がささっと胸元を隠した。あらら。

「別に結婚してくれなんて言ってないですっ」

「いや始めからそれは無理」

妙なとこで冷静な叔母の声が、ぐわんぐわん響く。喉の奥が胃液に浸かった。

「好きで、一緒にいたくて……それだけじゃないですか」

ゲロの代わりに告白が口を出た。代わりって。台無しだ。

ところでこれ、話繋がってる？　胃液の味のせいか、少し冷静になってきた。

「よく考えなさいって言ったでしょ」

「考えました、山ほど。叔母さんと離れている間……うぅ」

その空虚な時間を思い出して辛い気持ちにさえなった。

今の温かさが嘘みたいだ。

「一緒にいるって言うけどねあんた、歳の差って考えてる？」

「歳の差関係ないっしゅ」

「あります。十年後、二十年後ってわたし六十歳のお婆ちゃんよ」

叔母が自分の顔を摘んで、たくさんの皺を形作る。

そうして老けたまま、予言する。

「あんたは絶対に、わたしと生きることを後悔する」

十年後か、二十年後か分からないけど。

叔母が、お婆ちゃん……。叔母あちゃん。でゅるふふ、かわいらしい。

「皺だらけのおっぱいでもウェルカムっしゅ」

「ぶっ飛ばすぞこの野郎」

空っぽの缶を床にとかーんと置く。

「かんけーないんです。年齢なんてね、言っちゃうと私は叔母さんのことめっちゃ好きだもの。好きってなると盲目というか、補正かかるというか、綺麗にどうやっても見えちゃうんです。だからますます好きになる。この好きになるシステム、隙がないんですよね。水攻めされているみたいにどばどばどばどば背中を押されて、がんがんはまっちゃう。隙と好きがかかっていましたけどギャグじゃないです、笑わなくていいです。ですからね、いいですか。一度好きになったら突っ切るしかないんです。もう、それは運命。必然。極端な話、叔母さんが五歳くらいでも好きになってます」

ご、と指を開いて見せつけた。

「……よく考えて、それ？」

「っす」

叔母は言葉を失ったように天井を仰ぎ、ほげぇ、と鳴く。

「どんな育て方したら、こんな変態が生まれるのやら……」

なにやら酷いことを言われているが、いーやまだまだ。

私は、こんなものじゃないぞ。

「……言いたかったことがあるんです」

酔いは半分ぐらい、醒めていた。でも、フリをして吐露する。

「絶対怒るから、言えないけど」

言えるはずもない。言ったらその場で刺されても文句はなかった。

叔母が手を伸ばし、私の髪を指に挟む。上から下へと流して愛でる。

「言ってごらん、怒らないから」

「軽蔑されるのもやだ」

「しない」

「嫌いにならないで」

「ならないから早く言え。言わないとぜっこーね、ぜっこー」

ごー、よーんとカウントし始める。ぐるぐると洗濯機が回るように、残りの酒が頭から蒸発する。慌てて前につんのめり、叔母の服にしがみついて、顔をすり寄せながら。

いーち。

たった一つの本心を、捧げる。

「あなたの右目を傷つけて、よかった」

傷つけなければ生まれなかったものがある。傷つけなければ出会えなかった人がいる。傷つけなければ好きになれなかった。傷つけなければどきどきしなかった。傷つけなければ。

すべて、叔母が失ったから与えられたものだ。

始まりを否定することはできない、終わりがなくなるから。どこにも行けなくなるから。

下で親戚の騒ぐ声がする。私と、私たちと無縁の声。

叔母と二人きりの世界で、罪と、過(あやま)ちを喜ぶ自分を晒す。

「ごめんなさい、すごく酷いこと言ったし、考えてた」

叔母に寄りかかりながら懺悔(ざんげ)する。叔母は「まったくだ」と容赦ない。

「他所(よそ)では言うんじゃないよ、他人事なのに怒られるから」

「はい」

抱かれるように、背中を優しく撫でられる。なにから溢れたか分からないけど、涙が滲んだ。

「……わりかし、見た夢を覚えているタチでさ」

「はい？ ……はい」

「夢の中でけっこう、意識がはっきりしているんだよね」

なんの話だろうと思ったけど、口を挟まずに待つ。

「で、夢の中を意識してうろうろすることもあるんだけど……そういうのを繰り返すと、起きても現実と夢の区別がつかないときがある。下手をするとそのまま、どっちで生活しているのか分からなくなって……でも、わたしはそうならない」

それは叔母と、そしてまったく別の誰かに言い聞かせるようでもあった。

ふふふふ、とぶつ切りの笑い声が耳元で重なる。

「夢ではさ、視界に遮りがないんだ」

はっとさせられる。そのまま震えそうになる胴と肩を、叔母の腕が締め付けるように押さえた。ふふふふ、とまた、おかしな笑い声が聞こえる。

「助かっているよ。右目が見えなかったら、それが現実なんだから」

ぎゅ、と。腰に回された手が、私を強く摑んだ。

「この傷があるからあんたの言葉も、ちゃんと受け止めていられる」

声を嚙みしめるように、そう言うのだった。

甘くはなく、硬く、密度ある声。

叔母の心境は窺い知れない。

いつか、事細かに分かるときが来ればいいと純粋に願う。

「あーあと……わたしも言っちゃうけどさ」

「はい」

「目を潰されたときすごく痛かったから、このガキって思った」

びくっと跳ねた背中を、叔母が面白がるように叩く。

「ひっぱたいてやろうかとも思った。兄と義姉が飛んできたから自重したけど」

「今叩いていいですよ」

「嫌だよ喜びそうだから」

見透かされて、えっへへへとバツ悪く笑う。

そんな倒錯的な私を叔母が快活に、歯を剝き出しにして、これまた笑う。

「このガキ」

吐き出された憎しみは、私の心を真から滾らせるのだった。

正月から曇りと雪が続いていたけれど、その日は朝から快晴だった。出し惜しみのない青き空が目に滲む。機嫌良く、自転車をこいだ。

新年初出勤だった。気づいた叔母が店の表まで出てきて迎えてくれる。寒がりな叔母がわざわざ外に出てきたこと、それだけで胸がいっぱいになる。

「おはよ」

「ございます」

自転車を止めながら繋げてみた。

「冬休み終わってからでもよかったのに」

叔母が気を遣ってくれる。いいんです、と自転車を降りた。

「叔母さんに、すぐ会いたかったから」

言ってから、ぼっと、目の下が着火したように燃えた。炎に釣られてそのまま下を向く。

「これからも、よろしくお願いします」

深々、頭を下げる。下げた頭に血が集い、鼓動に合わせてどくどく、血が巡った。

耳と目が痛い。

「後悔しない？」

「そんな保証はできません」

今、最善を尽くす。その結果を未来の私に託す。それだけの話だ。

「でも後悔するのも、きっと意味があるから」

叔母の言葉を借りる。顔を上げると、叔母は背景の青空と合わさって、とても澄んだ顔つきを作り上げていた。人生の積み重ねも、歳も、保たれた感情もすべてが銀色に輝く。

美しいと、心を奪われる。

叶うなら。

「ずっと恨んでいてくださいね、私のこと」

いびつなる願いは、どこまで果たされるのか。

叔母は腰に手を当てて、目を細めて、穏やかに笑うのだった。

私は叔母に一生を恨まれて生きていく。
生きていきたい。
そこに生まれる意味をすべて受け入れて、思うままに。

今にも空と繋がる海で

約束はするときと叶うとき、どちらが胸弾むだろう？

答えとしては、どちらもときめくだった。

降り立つ砂が焼けたように熱い。跳ねる足は踊るようだった。

「はしゃいでる？」

賢くサンダルを履いている彼女が、私の躍りを前向きに解釈した。

「そういう面も否めない」

浮かれてはいた。砂浜に陣取る他の面々に負けてはいない程度に。

突き刺す陽光、むせ返る潮の香り、うざったくなるほどの観光客。

これこそ、夏の海水浴である。

彼女と連れ添う夏の海。ずっと夢見ていた世界が、揺らぐことなく目の前に広がる。

「まずは追いかけっこしよう」

なんとか人の隙間を縫って場所を確保し、シートを用意しながら提案する。彼女は
荷物を置いた後、「追いかけっこ？」と首を傾げた。ついでに海を横断するように一望

した。

「競争するってこと？」

「まぁそれでもいいんだけど」

春とは雲泥の差のある賑やかさは、日の光に負けないほど夏の景色をぎらつかせる。

用意を終えて背を伸ばし、砂浜を見つめながら言った。

「夢だったんだ、あなたとするの」

走り抜けて、思い願ったことが今や次々に満たされようとしている。

そんな幸運に恵まれるほど徳のあることをしたかなぁと、最近ちょっと疑うくらいだ。

「その夢は私も見たことがありますなぁ」

不思議に、と彼女が苦笑しながら頬を掻く。

「あなたと一緒だと、ほんと、変なことばっかり納得できる」

そう語る彼女の表情に不穏なものが混じっていないことを見て取り、ほっと安堵する。

そして同時に、本当に不思議なこともあるのだなぁと実感する。

「でも二人で追いかけっこなんて、荷物どうするの？」

これ、と彼女が足もとを指す。確かに荷物番がいない。でも走りたい。……くっつけよう。

「荷物もって走ろうか」

「えぇぇ……体育会系の合宿ですか？」

などと愚痴りつつも、彼女もしっかりと荷物を担いでくれた。

浜に出る。波の影響で湿った砂浜は、程良い温度となっていた。

「じゃあ行くよー」

彼女がゆるゆる手を振って宣言する。行ってー、と鞄と一緒にこちらも手を振った。

どくどくと、脈が騒ぎ出す。

ここで追いつけなかったらまた彼女は幻に消えていくのだろうか。

あり得ないと思いつつも不可思議で繋がった間柄なので、否定も出来なかった。

彼女が私に背を向けて、駆け足を始める。海水を含んだ砂を蹴る、少し重い音がした。引っ張られるように走り出す。足は動く。折れたことを忘れたように、昔みたいに。

加速する前から見えている目標へと、一気に詰め寄った。

……あれ？

割とあっさりと彼女の背中に追いついてしまった。

肩を掴まれた彼女が減速して、つんのめるようにして止まった。

走った距離を確かめるように私の後ろへ首を伸ばしてから、驚く。

「速くない？」

「遅くない？」

思わず本音が漏れて、彼女がムッと唇を尖らせる。

「あ、ごめんごめん。そうじゃないのよ」

違うのよ、と足を交差させてくねりながら否定する。こんなはずではなかったのだ。

「うーん……」

「逆にしよう」

彼女が提案してくる。私の後ろに回り込んで、背中を押してきた。

「私が追いかけるから」

「立場逆転かぁ……それも、うん、いいね」

本当は姿が見えていないと不安だけど、せっかくの彼女の発案を無碍にはできない。

「あとこれ。ハンデを課す」

彼女が荷物を私に預けてくる。ハンデとは上手い言い分で楽をするなぁと感心してしまう。

少し前に出て距離を取ってから、「行くよー」と彼女の真似をした。

「来てー」

おどけた彼女に、どんな返し方だよ、と笑いながら走り出した。一歩目が滑らかに踏み出せて、これはいいぞと確信した。肘も空気の裂け目を選ぶように、淀みなく振れる。

久しく忘れていた加速の感触に酔いしれた。

呼吸の音が小さく感じられるのは、調子のいいときの知らせだ。

前にはなにもいない。彼女だって見えない。それでも身体が軽い。

焦燥なく充実していれば、世界はこんなに軽やかに生きていけるものなのか。

それを私は、ずっと知らなかった。

これまでへの小さな後悔が芽生えそうになって、でも、これからだと気分を切り替える。

幸せになっていくぞ、と改めて決意した。

「あ、のさぁ！　手加減、とかさぁ！」

けっこう後方から文句が聞こえて、おぉっとと振り向く。彼女と大分距離がついてしまっていた。砂に足をめり込ませて急停止した。そして引き返す。すると丁度、彼女が砂に足首を取られてがくんとよろめくところだった。慌ててカバーに入る。よろめいた彼女を荷物ごと抱き留める。重くても、離すものかと堪えた。

後ろへよろめきながらも支えきると、丁度大きな波がやってきた。

うひぃ、と顔を引きつらせながらも彼女と支え合う。

彼女は確かに、ここにいる。

真っ青な海がそれを保証するように、私と彼女を波で満たすのだった。


今度の休みにどこか出かけませんかと提案されたので、「人混み以外なら」と条件をつけた。

人混みはその向こうになにかが消えていきそうで、極力避けてきた。

会社を辞めたのもそれに耐えられなくなったからだった。

「やっぱり苦手ですか」

「…………………」

なにかを見つけてしまいそうな気もしていた。

怖かったのはむしろ、そっちの方かもしれない。

自分で持ち込んだ座布団に座る姪が、やや得意げに笑う。わたしのことを理解できていて嬉しいといった感じだった。それ、嬉しいか？　嬉しいのかもしれない。自分の昔と重ねて、少しばかりの懐かしさがあった。同時に、姪が本当に自分を好きなのだろうとも感じた。

意識すると、髪の表面が熱く濡れるような感覚が蘇る。久しく縁がなく、枯れていた情念が年甲斐もなく湧くようだった。

なんだかんだと、わたしも姪のことが気に入っているらしい。

その艶やかな髪を、話半分に聞きながら眺める。

姪と過ごす夏はこれが初めてだ。夏休みを迎えた姪はわたしの家に入り浸っている。そのことについて兄や義姉が直接わたしになにか言ってくることはない。兄は自分の娘がわたしの右目を傷つけたことに、本人以上に負い目を感じているようだった。それに娘が引きずられてしまうのではないかという心配があるらしい。気にしている間に叔母に恋してしまったどうしようとは、多分まだ考えていない。知ったらそれこそ夫婦で頭を抱えるだろう。

そしてそのときは多分、いつかは避けられない。

扇風機（せんぷうき）の羽みたいに同じ場所を維持しているようで、人は前に進んでいる。

いつかはいつか、必ずやってくる。

子供の頃は遠くに感じた、『いつか』はいつの間にやら向こうから迫ってくる立場となっているのだった。……とはいえ、そこまで悲観することもなく。大体のことはなんとかなるし。

物事は収まるべき場所を知っている。騒ぐのは周りばかりなのだ。

「でもこの季節に出かけると、大体の場所に人が集まってますよね」

「いやまったく」

蝉も多いが人も多い。普段は外を歩いていても車ばかりで、歩く人なんかろくに見かけないのにいざ少し出かけてみるとその数に辟易（へきえき）するのだった。だから本当はあまり出歩きたくない。

しかしせっかく誘ってくれる相手がいるなら、付き合うべきだろうとも思う。

それも、他人より自分を選んでくれるような相手なら尚更だ。

「海とかどうですか？」

姪が朗らかな調子で案を出す。言葉にしただけで、潮の匂いがするようだった。

「この歳で？」

「歳関係あります？」

あるでしょう、そりゃあ、水着とか。日焼けとか、肌荒れとか。

「海ねぇ……」

返事を濁しながら頬杖をつく。角度を変えると、顔の右側から強い光が刺さった。

顔を上げて、ほぅ、と息を吐く。

「空が青いね」

窓から覗ける景色は、飛び込んで行けそうな真っ青な空だ。雲も見えない。

夏場にこれほどはっきり、色濃く空が映るのは案外珍しいことだった。

その青色が、目の端に波打つように滲む。

「青い」

重ねると、姪も気になったのか窓を向く。

「青色好きなんですか？」

姪に聞かれて、左目を細める。

「眩しい」

「答えになってませんけど」

答えがないから、他に返事のしようがなかった。

青は青。好きでも嫌いでもなく、そこにあるものだった。

「…………………………」

小さな背中を追いかけていた影が、青き日に寄り添う。

そこに、あったのだ。


「海は塩い」

到着したらまず、そんなことを言ってみた。

「なんですかそれ」

「広いって感想も安直かと思って」

しかし本当は広いと思ったのだった。遮蔽物(しゃへいぶつ)の極端に少ない視界の、落ち着きのなさよ。

どこを見ていればいいのか分からなくなる。迷子の気分だった。

「思ったほど人はいないね」

海外の海岸のナマコみたいに浮かんでいるかと思ったら、家族連れはまばらだ。

「他の人にとっては平日ですから」

「ああそうか」

わたしの自営業モドキみたいには自由じゃないのだ。

持ってきた小さなパラソルを差して、シートを敷く。それから荷物番を交代して一人ずつ着替えた。戻ってきた姪は青のワイヤービキニで、下はショートパンツだった。

「ほぅ」

わたしと比べて肌の露出が多いとか足白すぎないかとかビキニの紐引っ張ってみたいとか。

色々思った。

わたしが不躾にじろじろ見ているせいで、姪は恥じるように自分の腕を抱いて目を逸らす。そういう仕草の一つ一つが初々しいというか、瑞々しくて否応にも歳の差を感じずにはいられない。

「ちぇっ」

「なんですかその舌打ち」

「それは冗談だけど。ところで、海って来てなにするの？」

海から離れた町で暮らしてきた身としては、具体的なイメージがないのである。

「なにって、えっと……泳いだり？」

水着だし、と肩紐(かたひも)を摘む。なるほど、と海を真っ直ぐ見る。泳いでいる人は少なかった。

立っていた姪もパラソルの下に来てわたしの隣に一日座る。

「海って来たことないんですか？」

「馬鹿にするない、何回かはある。最後に来たのは小学生のときの家族旅行」

旅行先でお土産(みやげ)を買うときに長々悩んだのを覚えていた。

それを貰った相手が、曖昧に喜びながらずっと遠くを見ていたのも、覚えていた。

「私も似たようなものです」

「うん」

「実は私も海水浴の作法には疎くて」

姪が白状する。

「そりゃ困ったね」

「困りました」

二人で体育座りになってしまう。日が直接当たらなくても、じりじりと熱が迫る。

陰の中で蒸し焼きにでもなるようだった。

「叔母さんと来てみたかったから」

姪を見る。姪は誘った理由を吐露して、はにかむ。

「ていうか……叔母さんと、もっとたくさん、色んな場所に行ってみたいです」

姪のやや甘えるような上目遣い（うわめづか）と声に、思わずその肩を抱きそうになったけど、自制した。

「……あのねぇ、あんまりかわいいこと言うんじゃないよ」

頭を撫でながら注意した。

「え？　は、すいません……？」

なんで自分が謝っているのか分かっていないという感じだ。

わたしにも分からなかった。

「あ、そうだ。一つだけ持ってきたものがあるよ」

脇に置いた鞄に手を突っ込む。

「どうせ暇ならそれで遊ぼうか」

「なんですか？」

「ボール」

「おー」

鞄の隅に隠れていたやつを見つける。はい、と姪に軽く放った。

「なんですかこれ」

掬うように受け止めて、目が点になる。

「ボール」

「ボールって、これ、テニスボール」

姫が手の中で転がしながら困惑する。ビーチボールかと思ったらしい。

ちなみに普段は背中や頭の凝りをほぐすのに使っている。

「二人でバレーなんかやっても楽しくないでしょ」

羽織っていた上着を脱ぐか迷って、そのままパラソルから出た。さぁ行くぜ、と手招きしたら姫もボールを転がしながらついてきた。砂浜は乾いたわたしたちと異なり、滾るように熱い。

人混みの近くでキャッチボールはできないので、人が少ないのは幸いだった。

「行きますよー」

「来なさい」

距離を取った姫がゆっくりと腕を振って投げ込む。黄緑のテニスボールが頼りない放物線を描いた。余裕を持って掴む。握って、投げ返した。姫もやや不安定ながらキャッチした。

一度往復して、姪が首を傾げる。でもまた投げた。受け取る。投げる。受け止める。

慣れてボールの速度が増すと、余裕がなくなって砂浜を蹴る足が重くなる。

まるで全速力で駆けるように、追い立てられていく。

速く走ることのなにが面白いのか、わたしには未だ分からない。

「楽しいですかー？」

投げながら姪が問う。

「いやー、あんまりっ」

正直に投げ返す。疲れるし、汗は出るし、せっかく海の側にいて涼んでいる気がしない。

なにをしにきたんだって感じだ。

でもそう答えつつ、わたしは笑っていたのだと思う。

わたしと向かい合う姪が笑っていたからだ。

大してなにもしなかったけれど、退屈なく時間は過ぎるものだった。

他の観光客も帰りだして、人がまばらになると視界は一層、海に統一される。

訪れたのが昼過ぎということもあって、日が沈みだしていた。傾いた日差しに応じるように、遠くの海が黄金色に変わり始める。色が変わるだけで、体感する温度も大きく変化していく。

風まで優しく感じられるのはどうしてだろう。

「……………………」

光の変化は、目の奥の郷愁めいたものをくすぐる。

消えゆく青の向こう、今となっては遠い日、なくしたものを見る。

ずっと一緒にあるのが当然だと思って生まれたその想いは次第に焦り、不安になり、必死に繋ぎ止めようとして、でも叶わなくて。右目を失ったことをすんなりと受け入れられたのも、そういう経験が下地になっているのだろう。失うはずのないものなんて、思い込みに過ぎないのだ。

目を瞑れば光は消える。

耳を塞げば波は途切れる。

離れれば、なにも分からなくなる。

これまでも、大きく、たくさんのものを失ってきた。

これからは、なにを失っていくのだろう。

暮れる空に合わせるように、海に暖かい火が灯る。

淡い太陽とそこから海面へ伸びる光は、朧な塔のようだった。

「空と海が繋がっているみたいですね」

姪のその言葉に頭をくすぐられるようだった。どこかで聞いた覚えがあった。しかしそれは自分で言ったのか、誰かが口にしたのかも判然としない。確かに、とその景色に共感する。

だけど、と反発もした。矛盾しながらも、どちらもわたしの中で成立する。

「でも空と海は決して交わらない」

似ているようで、いつも見つめ合って、それでも。

その青色に、海は届かない。

「寂しいこと言わないでくださいよ」

姪にたしなめられる。気分を害しただろうか。

謝ろうとしたら、シートについた手の上に、その姪の手が重なっていた。

前にもこんなことがあった。

気づくと、姪が窺うようにわたしの顔を覗く。緊張しているような面持ちだ。顔が近い、と感じながらその頬に手を添える。指と頬の間に挟まれた髪の毛は滑らかで、するすると隙間からこぼれ落ちた。姪が更に身を寄せてくる。反対の手にまで、自分の手を載せてきた。

姪は止まらない。

これは、当たるなって。交通事故の現場をゆっくり眺めるように、わたしも動いていた。

姪とわたしの唇が触れ合う。

欠損した石のかけらの断面がくっつき合うような、そんなイメージが浮かぶ。

冬と違って、お互いの唇はかさついていなかった。

潮の味がする。

姪が目と顔を真っ赤にしながら、すぐに離れた。

その姪の肩を抱き寄せる。肩かわたしの手のひら、どちらかが熱い。

「頭がふわふわしてます。正気じゃない感じです」

「正確な判断だと思うよ」

兄の娘と唇を重ねたと意識すると、背徳的でくらくらするようだった。

「こういうのが初恋なんだなって、思いましたっ」

体育座りで身を固くして足の親指を弄くりながら、姪が青春万歳する。

初恋と聞いて余計、目を回しそうになった。

いいのかわたしで、と思う反面。

いいものだそれは、と眩しくもある。

肌がちりちりした。

「……夏も、悪くないかもね」

呟くと姪が顔を上げる。

「なにか言いました？」

「いいえなんにも。……ところでこれ、わたしってロリコンになるのかな」

なにしろ二十歳以上離れた女子高生の肩を抱いているのだ。

わたしが男だったら通報ものである。男じゃなくても家族会議だ。

「さぁ……どうなんでしょう」

「二十歳のときだったら、生まれる前の子を好きになるわけだし」

「それは危ないですね、本当に危ない人です」

「いやまったく」

どこにもいないはずのなにかを追いかけて、恋い焦がれるなんて。

どうかしていると言うほかない。

姪と寄り添ったまま、今にも空と溶けそうな海と対面する。

海は小波(さざなみ)を寄せて、砂浜を穏やかに塗り替える。

雑多な記憶を刺激する景色が、鼻の奥に来る。

同時にこの風景もまた、その記憶の一部となる。

死の際にはなんとしても、思い出したい光景だった。


海からの帰り道、バス乗り場まで堤防沿いの道を歩く。

テトラポットで岸の埋まる海が、遠くは赤く焼けて、手前に微かな青を残す。

海とは縁がないのに、そのグラデーションをどこかで見たような気がした。

その錯覚は、海風の匂いさえ懐かしく思うほど強いものとなる。

左隣を歩く姪はしきりに唇を触っている。神妙(しんみょう)な目つきがどこかかわいらしい。なにを意味するのか分かった上で、すっとぼけてみた。

「砂でも口に入ったの？」

姪が顔を上げて睨めつけてくる。剝いた歯が眩いオレンジ色に輝く。

「分かってて言ってますよね」

「じゃりじゃり」

「……分かりましたよ」

それならとばかりに、姪が唇を小さく開きながら、わたしを見上げる。

瞳は不安と高揚がせめぎ合い、海面のように濡れては揺れる。

「ありますか？」

夕日が迫り上がるように、頬が下から色づく。なにを求めているのかは明白だった。

肩から首へ、そして瞳へと夕焼けに染まる姪を、綺麗だと感動する。

かわいいに、美麗(びれい)が勝った。

「……どうだろう、確かめてみよう」

少し屈(かが)んで、唇を重ねる。姪に顔を寄せると、潮の匂いが増した。

舌が当たる。

じゃりっと舌の先端で砂が動いた。

「…………………………」

そそくさと顔を離す。海底に舌でも入れたような気分だった。

なにか言いたげな視線を横から感じるけど、海の方を向いた。

「あの」

「あったな」

「そっちの移された気が」

今度は声にして出さなくても、じゃりっとした。

奥歯の方に挟まっていたみたいだ。

「もう」

姪が咎めるようにわたしの肘の皮を摘んでくる。それでも遠くを見ていた。

海原（うなばら）にボートが揺れているのが見える。目で追うと、こっちもぐらぐら揺れた。

「でも色々、夢みたいです」

その柔らかい声を聞いて、目を姪に戻す。機嫌を直した姪が、はにかみつつも微笑んでいた。見ているこちらも頬がほころぶのが分かる。

思ったより自分が、姪のことを好きになってきているのだと自覚した。

好きな人の笑顔ってそういうものだと、知っていたから。

「夢みたい、かぁ……」

自分を好きになる人がいて、自分もそれに応えようとして。

すごく、自分にとって理想的で。

この世界は本当に自分の夢なんじゃないかと、時々疑ってしまう。

振り返れば、思い出はそんなものばかりだった。昨日見た夢のように断片的だ。楽しいとか悲しいとか、ついて回った想いさえ時の流れに摩耗していく。そうして忘れているものだから、いざ思い出すと好き勝手に盛ってしまう。

今、目の前にあってそこに感じること以外に確実なものはないのだった。

たとえそれが夢であれ、現実であれ。

海を見る。

景色は幻のように切なく、身体を包む心地いい疲労は確かに現実で、そして夢が生まれる。

幻を追いかけて、現に向き合い、夢とすれ違う。

過去と、今と、未来。

生きるとはなんと不確かな境界を行き来しているのだろう。

そんな中で、姪の陰りない笑顔は夕日よりも燦然たるものだった。

思わず目を瞑るようにしながら伏せるほどに。

と。

太陽を雲が覆うように。

人影が、わたしの肩を撫でるようにして右側をすれ違っていった。

はっとする。
その心臓に直接触れるような回顧に、世界が轟くほど、身体が跳ねる。
人影は一人だった気もするし、或いは二人分の足音を感じるものかもしれなかった。
軽快な足音。
気泡が溢れては潰れるように、胸の内で弾けていた。
これがもしも、左側だったら。
或いは右目の機能を失っていなかったら。
もっと早く反応して、振り向けたかもしれない。
確かめることができたのかもしれなかった。
気づけば気配は彼方に遠ざかっている。
わたしは結局、立ち止まっても振り向くことはなく。
口に残る砂利の感触が、舌を前へ意識させる。
顔を前へ向かせる。
思いとどまらせていた。
「どうかしました？」
なにも気づいていないような姪が振り返って、わたしに問う。

「……なんでもないよ」

なんにもなかった、きっと。

わたしの夢は十五年前、右目を切り裂かれたときに終わっていた。

薄い膜のかかったような毎日は、無垢な傷に取り払われた。

だからもう、わたしは夢を追いかけない。

歩幅を広げて、姪の長い影に追いつこうと前へ進む。

目を瞑らず。

耳を塞がず。

離れないように。

失ったものを取り戻すことはできない。

他のなにかで補うこともできない。

だから欠けた部分を擦り合わせて、生きていく。

古く乾いた記憶が涙するほどに美しい、海と空の間で。

あとがき

こんにちは、入間人間です。今年初作品の発売となります。メディアワークス文庫で作品を発表するのも久しぶりではないでしょうか。短編のような長編のようなというつもの作風ですが、楽しんで頂けましたら幸いでございます。……書くことが早くもなくなりました。

基本的には家にいて原稿書いて遊んで寝ているだけなので、変化がありません。ので、近況書こうにもなにもないのです。そんな生活を続けて十年が経とうとしています。十年前となにも変わっていない自分がいるようで、周りを見てみると案外変わっているものはあります。

なくなったものもたくさんあります。生まれたものもたくさん、あるといいなぁ。

表紙を担当して頂きました仲谷さん、ありがとうございます。

担当編集者さんにも感謝の意を。

それともちろん、買って頂いた方にも感謝。
遅い挨拶ではありますが、今年もよろしくお願いします。

入間人間

入間人間

著作リスト

探偵・花咲太郎は閃かない（メディアワークス文庫）
探偵・花咲太郎は覆さない（同）
六百六十円の事情（同）
バカが全裸でやってくる（同）
バカが全裸でやってくる Ver.2.0（同）
昨日は彼女も恋してた（同）
明日も彼女は恋をする（同）
時間のおとしもの（同）
瞳のさがしもの（同）
彼女を好きになる12の方法（同）

たったひとつの、ねがい。（同）
19 ―ナインティーン―（同）
僕の小規模な奇跡（同）
僕の小規模な自殺（同）
エウロパの底から（同）
砂漠のボーイズライフ（同）
神のゴミ箱（同）
ぼっちーズ（同）
デッドエンド 死に戻りの剣客（同）
少女妄想中。（同）
嘘つきみーくんと壊れたまーちゃん 幸せの背景は不幸（電撃文庫）
嘘つきみーくんと壊れたまーちゃん2 善意の指針は悪意（同）
嘘つきみーくんと壊れたまーちゃん3 死の礎は生（同）
嘘つきみーくんと壊れたまーちゃん4 絆の支柱は欲望（同）
嘘つきみーくんと壊れたまーちゃん5 欲望の支柱は絆（同）
嘘つきみーくんと壊れたまーちゃん6 嘘の価値は真実（同）
嘘つきみーくんと壊れたまーちゃん7 死後の影響は生前（同）
嘘つきみーくんと壊れたまーちゃん8 日常の価値は非凡（同）
嘘つきみーくんと壊れたまーちゃん9 始まりの未来は終わり（同）

嘘つきみーくんと壊れたまーちゃん10　終わりの終わりは始まり（同）
嘘つきみーくんと壊れたまーちゃんｉ　記憶の形成は作為（同）
電波女と青春男（同）
電波女と青春男②（同）
電波女と青春男③（同）
電波女と青春男④（同）
電波女と青春男⑤（同）
電波女と青春男⑥（同）
電波女と青春男⑦（同）
電波女と青春男⑧（同）
電波女と青春男ＳＦ（すこしふしぎ）版（同）
多摩湖さんと黄鶏くん（同）
トカゲの王Ⅰ　―ＳＤＣ、覚醒―（同）
トカゲの王Ⅱ　―復讐のパーソナリティ〈上〉―（同）
トカゲの王Ⅲ　―復讐のパーソナリティ〈下〉―（同）
トカゲの王Ⅳ　―インビジブル・ライト―（同）
トカゲの王Ｖ　―だれか正しいと言ってくれ―（同）
クロクロクロック1/6（同）
クロクロクロック2/6（同）

〈初出〉
「ガールズ・オン・ザ・ラン」／電撃文庫ＭＡＧＡＺＩＮＥ Ｖｏｌ．53（２０１７年１月号）
文庫収録にあたり、加筆・訂正しています。

〈書き下ろし〉
「銀の手は消えない」
「君を見つめて」
「今にも空と繋がる海で」

メディアワークス文庫

少女妄想中。

入間人間

2017年2月25日　初版発行
2025年2月10日　6版発行

発行者　山下直久
発行　株式会社KADOKAWA
〒102-8177　東京都千代田区富士見2-13-3
0570-002-301（ナビダイヤル）
装丁者　渡辺宏一（有限会社ニイナナニイゴオ）
印刷　株式会社KADOKAWA
製本　株式会社KADOKAWA

●お問い合わせ
https://www.kadokawa.co.jp/（「お問い合わせ」へお進みください）
※内容によっては、お答えできない場合があります。
※サポートは日本国内のみとさせていただきます。
※Japanese text only

※定価はカバーに表示してあります。

Printed in Japan
ISBN978-4-04-892757-4 C0193

メディアワークス文庫　https://mwbunko.com/

本書に対するご意見、ご感想をお寄せください。
あて先
〒102-8177　東京都千代田区富士見2-13-3
メディアワークス文庫編集部
「入間人間先生」係